スーパー♡ラブ

Aoi Katsuraba
桂生青依

CHARADE BUNKO

Illustration

木下けい子

CONTENTS

スーパー♡ラブ

「本日特売の『焼き春巻き』です。ご試食どうぞ」

ほっそりとした身体《からだ》に『ニノミヤ』と店の名前が入ったエプロンをつけ、清潔感のある黒髪を真っ白な三角巾で隠したいつものいでたちで、二宮恵《にのみやめぐむ》は、前を通りがかった親子連れに笑顔で声をかけた。

半分に切った試食用の春巻きを爪楊枝《つまようじ》に刺して子供の方に――幼稚園児ぐらいの女の子に差し出すと、途端、お下げ髪のその子の顔がぱっと輝く。

「ありがとう！」

「いいえ。お母さんもどうぞ」

「あら、ありがとう。焼き春巻き？」

「はい。店で手作りしているお総菜で、普通のものよりカロリー控えめです」

説明していると、その声が耳に留まったのか、前を行き交っていた人のうちの数人がこちらへ近づいてくる。

「どうぞ、特売の春巻きです。今ならできたてです！」

「店で手作りの焼き春巻きです！　ご試食、どうぞ」

恵は続けて笑顔で春巻きを渡しながら、夕方の賑《にぎ》わいが増してきた店を満足げに見回した。

今年で二十七歳になる恵は、去年から親の跡を継ぎ、東京《とうきょう》の郊外にあるスーパー『ニノミヤ』の店長として働いている。

以前は商社に勤めていたのだが、一昨年《おととし》、父親が具合を悪くして倒れたのを機に、地元に戻ってきたのだ。

「素直さがそのまま顔に出てる」と言われる、草食系の優しい顔立ちのためか、それとも細めの体格のせいか、まだまだ店長らしい威厳には欠ける恵だが、ずっと働いてくれているパートの人たちや昔からの常連さんたちに支えられて、なんとか店を切り盛りしている。

◆

都心への通勤客で朝夕は特に人が多い鶯《うぐいすが》ヶ山《やま》駅と、最近増えてきたタワーマンションとのちょうど間ぐらいにある店は、祖父の代からのものだ。広さはさほどでもないが、この辺りでは古い店になり、地域の人たちに親しまれている。

特に、店で作る総菜は根強い人気があり、この近くから引っ越した後も、わざわざ総菜だけを買いに来るお客もいるほどだ。

そのため、恵は父に習い、この総菜の試食コーナーだけは必ず自分がやることにしていた。

「どうぞ。作りたての焼き春巻きです」

恵は、大きくなりすぎない程度の大きな声で宣伝をすると、前を通る人たちや近づいてきてくれた人たちに次々と春巻きを渡す。食べた人のほとんどが「美味《おい》しい」という顔をしてそのまま総菜の棚から春巻きを取っていくのが嬉《うれ》しくて堪《たま》らない。

この分なら、今日は少し追加で作った方がいいかもしれない。

総菜の責任者の西川《にしかわ》さんも喜ぶだろうと思っていると、

「メグちゃん！」

常連の花村《はなむら》さんと佐々木《ささき》さんが、カゴを手に笑顔で近づいてきた。

近所に住んでいる二人は、恵が生まれる前からのこの店のお客だ。二人とも確か今年で七十歳。小柄だが恵が驚くほど元気で、特売の野菜や肉をいつもしっかりと買っていく。

今日も、店の入り口近くに並べていた安売りの玉葱《たまねぎ》を、すでにカゴの中に入れているようだ。

ちょうど恵と同じ歳《とし》ぐらいの孫がいるということで、恵がここで働き始めてからというもの、見つけると必ず話しかけてくる。

「メグちゃん、今日はここにいたのね。なあに？　それは」

「特売の焼き春巻きです。食べてみますか？」

「ええ、ええ。ちょうだい。佐々木さんも食べるでしょ」

「食べる食べる。いい匂《にお》いねえ」

る。

「――どうぞ」

恵が試食用の春巻きをそれぞれに差し出すと、二人は「ありがとう」と受け取り、口にする。

直後、美味しそうに目を細めた。

「あら、いいじゃない。これ、見た目はしつこそうなのに、案外すっと食べれるのね」

「中は何？　春雨と……」

「挽肉《ひきにく》と干し椎茸《しいたけ》です。あとはタケノコと」

「美味しいわあ。これメグちゃんが考えたの？」

「ええと…僕と総菜の西川さんで考えた…のかな。西川さんが春巻きの新しいのを作ってみたいってことで、二人でいろいろ相談してこれになったんです」

恵は、この二ヶ月ほどのことを思い出しながら答えた。何度も試食してこの味に決めたから、評判がいいとほっとする。

すると、二人は「そうなの」と頷《うなず》いた。

「ここのお総菜はホント美味しいわよね。それにメグちゃんは味覚がしっかりしてるからいいわ」

次いで花村さんはうんうんと頷くようにして言うと、思い出すように笑う。

それでピンと来たのか、佐々木さんも笑った。

「修三《しゅうぞう》さんは変なものばっかり作ってたからねえ。なんだったかしら、いっとき果物の総菜に凝ってたのよね。サラダとか……バナナのコロッケとか」

「そうそう！　確かに火を通せば甘くはなるだろうけど、コロッケはねえ……」

そして笑い会う二人に、恵も苦笑が隠せなかった。

今二人が話した「修三さん」は、去年までのこの店の店長。つまり恵の父親だ。明るく、人当たりもよく皆に好かれてこの店を続けていた父は、特に「新作総菜」の開発に熱心だった。しかしこだわるあまり、奇抜すぎる試作品も多く、子供のころから試食係だった恵もそのことには随分困らされたものだ。

血圧の高さが災いして、一昨年倒れたときにはどうなることかと思ったが、幸い、その後は「安静にしていれば大丈夫」とのことで、去年一年かけて恵に店のことを教えてくれた今年からは、母と二人、自宅でのんびりと暮らしている。

それでも店のことはやはり気になるらしく、時折様子を尋ねてくるが、それでも恵を店長にしたからにはと一歩引いて温かく見守ってくれているから、恵も一生懸命に、そしてのびのびと店の経営に打ち込むことができている。

恵は、今朝《けさ》も「今日も頑張れよ」と送り出してくれた父のことを思い出す。

昔から優しく、そしていつも陰に日向に自分を見守ってくれた父、そして母。

だが、実のところ、二人は恵にとって本当の両親ではなかった。

実の父母は、恵が子供のころに事故で死んでしまった。そのとき、遠縁で子供のいなかった二人が恵を引き取ってくれたのだ。

それからというもの、父も母も、まるで本当の両親のように愛情を持って恵を育ててくれた。

店があっても入学式や卒業式、体育祭といった大きな学校の行事には必ずどちらかが顔を出してくれたし、進路についても就職についても常に気にかけてくれていた。

だから父が体調を崩して倒れたと聞いたときはショックだったし、店を畳もうかと考えていると聞いたときはすぐに実家に戻ろうと思った。

頑張って入社した会社だったけれど、そこでの仕事よりも父母の側《そば》にいることや、父母が大切にしていた、自分にとっても思い出がいっぱい詰まっている店を継ぐことの方が大切に思えたから。

そして退職して、二年。

当初は失敗ばかりで、父や母だけでなくパートさんやアルバイトさんたちにも教わってばかりだったが、毎日店に出て仕入れから陳列、特売のチラシの作り方まで頑張って勉強した甲斐《かい》あって、今はなんとか店長として店を経営できている。

少し離れたところの商店街は、近くに大きなマンションとスーパーができてからというもの、昔からの店が次々と閉まっているし、噂《うわさ》ではこの辺りの土地もまとめて買収され、大きなマンションが建つのでは…という話もあるが、これからもできる限り頑張っていくつもりだ。

恵は、花村さんたち二人とひとしきり話をすると、「じゃあね」と買い物に戻っていく二つの小さな背中を見送り、さて、と、改めて試食を呼びかける。そのときだった。

「ん？」

視界の端に、強張《こわば》った表情でお客らしき男と向かい合っているアルバイトの斉藤《さいとう》さんの姿が映る。

いつも笑顔で接客している彼女なのにどうしたんだろうと恵が微《かす》かに首を傾《かし》げたと同時。彼女と話をしていた初老の男性客が怒鳴るような声を上げた。

「――だからお前じゃなくて話のわかる奴を呼べって言ってるだろうが！」

大声に、一瞬、辺りがシンとする。

「ちょっと、失礼しますね」

恵は、近くにいたお客さんたちに早口で言うと、試食用の春巻きが入った皿に急いで蓋《ふた》をして二人の方へ足を向けた。

店をやっていると、実はこうした揉《も》めごとは珍しくない。お客同士のトラブルの仲裁に入ることもしばしばだ。

幼なじみの敬之《のりゆき》などは、そういうときにいちいち出て行く恵に「きりがないだろ」と呆《あき》れ顔をするが、店の雰囲気を守るためには店長である自分がなんとかしなければ、と恵は思っている。

もともと世話好きな性格なこともあって、放っておけなかった。

「どうなさいましたか」

恵は二人に近づくと、なるべく柔らかく声をかける。男は初めて見る顔だ。酔っているような様子はないが、イライラしている雰囲気が伝わってくる。

「あ——店長」

途端、斉藤さんが、ほっとしたような縋《すが》るような声を上げた。恵は彼女に頷き、ぎゅっと気を引き締めると、

「どうなさいましたか？」

再び、男に向けて尋ねる。すると男は「あんたがここの店長か」と高圧的な声音で尋ね返してきた。

「はい」

「本当か？　バイトじゃないのか。若いのに本当に店長か？」

「店長の二宮です」

恵がはっきりと言うと、男はしばらく恵を見つめ、やがて顔を顰《しか》め、手にしていた買い物袋をこちらへズイと突き出してきた。

「これだよ！　いったいどういうつもりなんだ！　ええ⁉　こんなものを客に売るのか⁉」

荒い声を聞きながら見てみれば、そこに入っているのは今日の特売品のキュウリだ。

三本を袋詰めにして野菜コーナーの一番目立つ場所に並べているはずの……。

だがよく見れば、袋の中のキュウリが一本、半ばから折れている。

（これか）

恵は小さく胸の中で呟いた。

おそらく、積んだときに重みで折れたか、もしかしたら他のお客が落としたのかもしれない。

が、いずれにせよこれは売り物にはできないだろう。

確認すると、恵は「大変失礼いたしました」と男に頭を下げた。

「商品を積んだときに折れてしまったのだと思います。失礼いたしました。新しいものとお取り替えします」

そして、傍らにいる斉藤さんに視線でそれを伝える。が、次の瞬間、男は「何言ってるんだ」とさらに声を荒らげた。

「そうじゃなくて、そんなものはただでよこせって言ってるんだ。不良品だろう。それを引き取ってやるんだからただにしろって言ってるんだよ」

その言葉に、キュウリを取りに行きかけていた斉藤さんの足が止まる。恵も思わず「そういうわけには……」と、眉《まゆ》を寄せてしまった。

気づけば、他のお客の視線が集まっている。それを感じた途端、胸がドキドキし始めた。

男はすぐに声を荒らげるタイプのようだし、本当なら人目のないところで説得したいところだが、そうしては胴間声に負けてしまったようにも取られかねないだろう。

恵は深呼吸すると、「そういうわけには参りません」と、なんとか応《こた》えた。

確かに、傷んだ品物に気づかなかったのはこちらのミスだ。だが、こんなゆすりのような話を飲めるわけがない。

が、男はズイと一歩近づいてくる。

恵は一歩下がったが、すぐに再び近づかれ、「なんでだよ」と凄《すご》まれた。

「常連じゃないから駄目だってのか？　客とぺちゃくちゃ喋《しゃべ》っていい加減な仕事して、こんな商品置いてるくせに、何偉ぶってるんだ」

「商品の管理につきましては、至らない点があったことをお詫《わ》びいたします。ですが、だからといって――」

「スカしたものの言いかたすんじゃねえ！」

次の瞬間、男は声を上げたかと思うと、ドン、と恵の肩を突いてくる。

「うわっ！」

不意を突かれ、そのまま後ろに転げかけたときだった。

「⁉」

その背中が、トンと何かに触れる。

硬いけれど硬すぎず、どこか心地好《ここちよ》い感触のそれに驚いて振り返ると、そこには、一人の男が立っていた。

恵より一回り大きな身体に、夕方のスーパーには似合わないほどの、一分の隙《すき》もないスーツ姿。

きちんと整えられた髪に、涼しげな目元。品のいい端整な面差しは男らしく且つ優雅で、まるでファッション誌からそのまま抜け出してきたかのようにも見える。

（この人――）

恵ははっと思い出した。

彼は、この数日、よく目にするようになったお客だ。

その格好のよさは際立っていて、店で働くアルバイトさんやパートさんたちだけでなく、お客さんたちまで「あの格好のいい人」と噂しているような人だ。

恵はと言えば、その格好のよさを認めつつも、同じ男としてやや複雑な思いもあったのだが……。

まさかその彼がここにいるとは。

「あ、あの」

みっともないところを見られたことが、やけに恥ずかしい。何か言わなければと思うものの、恵が混乱していると、

「いい加減にしたらどうだ」

恵が口を開くより早く、スーツの彼は、恵を突き飛ばした初老の男性客に向けて言った。声も、見た目を裏切らないいい声だ。高すぎず低すぎず、堂々としている上によく通る。男も、その声に気圧《けお》されたのだろう。

さっきまでの態度の大きさや好戦的な様子はどこへやら。気まずそうに口籠《くちご》もると、「なんだよ」とぼやくように言う。

すると彼は男を睨《にら》んだまま「なんだよじゃないだろう」と畳みかけた。

「謝ってるだろう。それをいつまでもしつこく言ってどうするんだ。取り替えると言ってるんだから、もうそれでいいだろう。それともタカリなのか」

「なっ――」

「違うなら、彼が取り替えてくれる新しいものを持って帰ればいい。端で見ていて不快だ」

「……」

そしてあくまで毅然《きぜん》とした声音で言うと、じっと男を見つめる。すると、男は顔を顰め、

「わかったよ」とぼやくように言った。

「新しいので我慢してやりゃいいんだろ⁉　わかったよ！」

店長
二宮
ニノミヤ

そして開き直るように言うと、斉藤さんが持ってきていた新しいキュウリをひったくり、舌打ちしながら店を出て行く。

後味は悪いが、なんとか収拾がついたようだ。

恵ははーっと安堵《あんど》の息をつく。だが直後、まだスーツの男に身体を支えられたままだったことに気づき、慌てて身を離した。

「す――すみません」

謝ったが、男は眉を寄せたままだ。整った顔立ちのせいか、そうしていると近づきがたいような気配を感じる。

思わず身を竦《すく》ませかけたとき、男は顔を顰めたまま、今度は恵に向いて言った。

「それからきみも、もっと毅然とした態度の方がいい。見た目がそれなんだから、なおさらだ」

「！」

思ってもいなかった言葉に、絶句する。

確かにそれはその通りかもしれないが、どうして初対面のこの男に言われなければならないのか。

「み、見た目ってどういう――」

思わず言い返すと、男はやれやれというような表情を浮かべた。

「そんなことぐらい自分でわかるだろう。とにかく、ああいう奴につけ込まれる弱みは見せないことだ」

そして諭すように言うと、恵が言い返すより早く、「もっとしっかりしたまえ」と言い残して去って行く。

「な……」

（……なんだよあいつ……！）

助けてくれた彼の名前も聞いていないと恵が気づいたのは、その背中がもう見えなくなってしまってからだった。

◆

「へえ、そんなことがあったのか。相変わらず店も大変だなあ」

その夜、いつものように九時で店を閉めた後。

恵は幼なじみの敬之とともに、店の近くの定食屋へやってきていた。いつもは自宅で食事をする恵だが、今夜は敬之に「久しぶりに二人で夕メシでも食わないか」と誘われたのだ。

小学校から知っている敬之は、現在都心の会社勤め。一見は軽い雰囲気だが、去年病気で奥さんを亡くしてからというもの、実家で両親とともに子育てに追われている。

わせていた。

明るい彼とは子供のころからなんとなく馬が合い、地元を離れてからも折に触れて顔を合
彼と、彼の従妹《いとこ》であり二人の一つ年下になる菅野《かんの》みゆきとが、地元での親しい友人だ。

二人には両親が本当の親ではないことを早い時期から打ち明けていたし、特に敬之は、気心が知れていることもあり、今でも仕事のことを相談する仲だ。

注文したチキンカツ定食を食べながら、恵が今日の出来事を――お客と揉めかけたことと
その後のことを話すと、カレイの煮つけの他、冷や奴《やっこ》を肴《さかな》にビールを飲みながら向かいの席で話を聞いていた敬之は「なるほど」と頷いた。

「でもまあ、そのイケメンに助けられたんならよかったじゃないかよ。最近は変な奴も多いし、大事にならなくてさ」

「助けられたっていうか……まあ、そうだけど。でも僕一人でだってなんとかできたんだよ、多分。なのにあんな、嫌みっぽく言わなくたってさ。だいたい『見た目がそれ』ってなんなんだよ！　それってどれだよ！　まったく……」

思い返すと、また悔しさが蘇《よみがえ》ってしまう。

なんであそこですぐに言い返せなかったのか。呆気《あっけ》にとられてしまった自分が悔やまれる。

恵が眉を寄せると、敬之がくすくすと笑った。

「そう怒るなよ。スマイルスマイル。『我が町の王子』なんだから」

「だから、やめろってば、それは」

からかうように言う敬之を、恵は仄《ほの》かに顔を赤くしながら睨む。

王子、とは、一年ほど前、ローカル番組に『ニノミヤ』が取り上げられた際、恵がレポーターにつけられた渾名《あだな》のことだ。

恵は恥ずかしくて堪らないのだが、敬之には何かあるたびからかうように、そう呼ばれるし、店に来るおじいちゃんやおばあちゃんたちにも、そう呼ばれることがある。

おそらく親しみを込めてのことだろうが、それでも恥ずかしい。

恵が唇を尖《とが》らせると、敬之は、ははは、と笑った。

「悪かった。冗談だよじょーだん。でも、お前ももうすっかり『店長さん』なんだな。会社辞めて店継ぐって聞いたときは驚いたけど……。三友《みとも》物産って言えば、超有名会社なのに——ってさ」

「……」

「やっぱ、おじさんの病気の件か。でもあれからはもう元気なんだろ?」

「うん。血圧は相変わらず注意しないといけないけど…元気だよ。近いうちに母さんとまた旅行に行くって言ってるし」

「そっか。よかったな」

温かい敬之の声に、恵は深く頷く。

一昨年、父が倒れたと聞いたときは気が気ではなかった。仕事は忙しい最中だったけれど、辞めてもいいという思いで一日だけ休みを取り、すぐに病院に向かった。

そしていくつもの管を繋《つな》がれて眠っている父の顔と、衰弱した母の顔を見たとき、恵は決心したのだ。

やり甲斐のある仕事をしていたけれど、いい会社だったけれど、辞めて二人の側にいよう、店を継ごう、と。

子供のころから自分を愛してくれて、護《まも》ってくれた二人に恩を返すために——と。

思い出しながら茶を一口飲むと、恵は改めて口を開く。

「でも、店のことについては、父さんのことだけが理由ってわけでもないよ。昔から、いずれは跡を継ぎたいって考えてたんだ。だから少し時期が早くなっただけだよ」

恵はなるべく明るく言ったが、敬之は黙ったまま酒を飲んでいる。

大学は違ったものの、同じ年に就職活動をして情報交換をして励まし合った仲だから、彼は恵が以前の会社に入るためにどれだけ頑張ったかを知っている。だからだろう。

だが、恵は今やもう、前の会社への未練はなかった。

第一希望の会社だったから、まったくないと言えば嘘《うそ》になるが、父や母の側にいることや、あの店の大切さに比べれば小さなものだ。それに何より、今の生活に満足している。

収入は減ったけれど、家に帰れば父と母に迎えてもらえる。朝早くからほぼ毎日、店へ出て働いているけれど、頑張れば頑張っただけお客の笑顔が見られるし、子供のころから馴染《なじ》んだ場所だから常連さんたちも温かい。

仕事をし始めたときは、自分にできるのだろうかと不安もあったけれど、今はみんなに支えられつつも責任を持って『自分の店』と言える大切な店だ。

だから今日のようなクレームも、ちゃんと応対しなければいけなかったのに。

(お客さんに先を越されるなんて)

恵は、がくりと肩を落とす。

それに、今になって思い返せば、結局、あのスーツの男には礼も言っていない。

彼の言葉に戸惑ってしまったせいで、すっかり忘れてしまったのだ。

(やっぱり、お礼は言っておくべきだよな……)

その後はどうあれ、彼があの場を助けてくれたことは事実だ。それに、彼が言ったこと自体は間違っていない。

確かに、もっと毅然とした態度をとるべきだったのだろう。

「——恵？　どうしたか？」

いつしか俯《うつむ》いて考え込んでしまっていると、敬之が気遣うように訊ねてくる。

恵は「なんでもない」と微笑《ほほえ》むと、気を取り直して食事を再開した。

今度あのスーツの男が店に来たら、改めてお礼を言おう——。

(そうすれば僕もすっきりするし)

胸の中でそう呟《つぶや》くと、恵はうんうんと頷き、少し大きめのチキンカツをぱくりと食べた。

◆◆◆

スーツの男との再会は、ほどなくやってきた。

揉め事を助けてもらってから三日後の夕方。恵がいつものように店の棚に商品を並べていると、彼が近くを通りがかったのだ。

「こんばんは」

慌てて手を止めると、恵は男に声をかける。

男も気づいたのか「ああ」という顔を見せて足を止めた。

相変わらず端整な貌《かお》だ。だが、そこには「いったいどうして声をかけたのか」とでも言いたそうな、訝《いぶか》るような色が浮かんでいる。

恵は男に近づくと、「この間はありがとうございました」と頭を下げた。

「あのときは、お礼も言えずにすみませんでした」

そしてそう続けると、男は戸惑ったような表情を見せた。

「なんだ、そんなことか。そんなもの気にしなくていい。別に礼を言って欲しくてやったわけじゃない」

「でも助かりました。それに、その後もご助言ありがとうございました。今度からはもっとしっかりとした応対をしようと思います」

それは、本心からの言葉だった。

あのときは突然頭ごなしに言われたせいで反発してしまったが、よくよく考えてみるにつれ、自分の未熟さが気になり始めたのだ。確かに、もっと毅然とした態度で応対するべきだった。

そして恵は、面食らっているように絶句している男に「ちょっと待っててください」と言い置くと、急いで店の奥へ向かい、「彼に会ったときのために」と毎日パックに取り分けていた総菜を袋に入れて男のもとへ戻った。

「これ、どうぞ」

「……これは？」

「うちで一番人気の、すき焼きコロッケと、最近人気の鶏肉の甘酢あえです。この間、ちゃんとしたお礼もできなかったのが気になっていて……。お礼と言ってはなんですけど、よかったらこれ、持って帰ってください」

「……」

だが、男は困惑の表情だ。恵は「どうぞ」と繰り返した。

「持って行ってください。美味しいですよ」

「いや、いい。そんなつもりじゃ……」

「わかってます。でも、お客様に助けてもらっておきながら、お礼もしないままっていうのはこっちも気が引けるので。あ、それともコロッケは苦手でしたか?」

「そんなことはないが……」

「じゃあ、ぜひ」

恵は、さらにズイと袋を差し出す。

すると、男は袋と恵とを見比べたのち、

「強引なんだな」

困ったように苦笑しつつも、袋を受け取ってくれた。

「いい匂いだ。すき焼きコロッケ…だったか。普通のものとは違うのか」

「はい! 文字通り中身のじゃがいもとお肉がすき焼き風の味つけなんです。だから、ソースも何もかけなくても美味しいですよ」

「なるほど」

「もし冷めていたら、軽くレンジで温めてみてください。温めすぎると、破裂しちゃいますけど」

以前失敗したことを思い出しながら恵が言うと、男もくすりと笑い、「わかった」と頷く。

その貌に、恵は目が引き寄せられた。

そうして笑うと、今まで彼が纏《まと》っていた近寄りがたいような印象がふっと変化する。

端整な面差しや落ち着き、品のよさはそのままだが、どことなく親しみやすさが増す気がしたのだ。

今までは、笑った顔を見てなかったせいかもしれない。

恵はつられるように自分の顔がほころぶのを感じた。

ひょっとしたら、この人は一見近寄りがたく感じられるだけで、実は凄くいい人なんじゃないだろうか？

なんとなくそう思え、恵はその後も、折に触れて積極的に男に声をかけるようにしてみた。

自分に対してズバリと言ってくれた彼のことを、もっと知りたいと思ったのだ。

するとやはり、彼は見かけよりも人当たりのいい男だった。

「――じゃあ、鈴木《すずき》さんはまだこっちに来て一ヶ月ぐらいなんですね」

コロッケを渡してから一週間後。

今日もスーパーに姿を見せた男――鈴木と名乗った彼に、恵は野菜を補充する手を止めないまま言った。

あれからというもの、彼は毎日店に顔を見せている。そして顔を合わせるたびに話しかけているせいで、今や、恵は彼の年が自分より三つ上であることも、好きな野菜も苦手な野菜も知るようになった。

恵の言葉に、鈴木は「ああ」と頷く。

鈴木は、恵が話しかけると最初は迷惑そうな顔を見せるものの、結局はちゃんと返事をしてくれるのだ。そういう律儀さも、恵は好感を持っていた。

「明後日《あさって》で、ちょうど一ヶ月だ。でもまだなかなか慣れないな。ここに立ち寄る以外は、駅と家との往復だからかもしれないが」

そして恵が薦めたピーマンをカゴに入れると、続けてキャベツを取ろうとする。

「――これがいいですよ」

恵は、自分のお薦めを買ってくれる鈴木を嬉しく思いながら、すかさず、近くにあった一つを指し出した。

目を丸くする鈴木に、にっこり微笑んだ。

「うちの店のものはどれも新鮮ですけど、今持った感じだと、これが一番ずっしりしてましたから、これがいいですよ」

「ありがとう。詳しいんだな」

鈴木は頷きながら恵からキャベツを受け取る。彼に褒められたことに、恵はくすぐったさを感じながら言った。

「これでも、もうここで働いて二年になりますから。まだまだ覚えることは山ほどなんですけどね」

恵の言葉に、鈴木は「そうなのか」というように頷く。しかし次の瞬間、ふと真顔になって恵を見つめてきた。

どうしたのかな、と思ったとき。

「ところで、ずっと気になっていたんだが」

神妙な口調で、鈴木が切り出した。

「その…この間はすまなかった。きみの見た目について、ああいうときに引き合いに出すべきじゃなかった。嫌な思いをさせたなら、謝る」

「……あ……ええと……」

思わぬ言葉に、恵は狼狽《うろた》える。

確かにあの日、見た目を揶揄《やゆ》されたことには頭にきた。自分自身、店長らしい貫禄《かんろく》のない容姿だということはわかっているから。

だがだからこそ、より店長らしい振る舞いが必要なのだと気づかされた。見た目で侮られやすい自分だからこそ、しっかりと相手を見なければならないし、言動は毅然としたものでなければならないのだ、と。

あのときはそれができていなかった。

恵は過日を思い返すと、誠実さをたたえた瞳《ひとみ》で自分を見つめてくる鈴木に向けて、ゆっくり首を振った。

「あのときのことなら、気にしてません。だから鈴木さんも気にしないでください。確かに、言われたときはちょっとむっとしちゃいましたけど、考えてみればその通りでしたから」

「……」

「早く父みたいに親しみやすくても貫禄のある顔になれればいいんですけど……僕はまだまだで。今でも時々学生に間違われるんです」

苦笑しながら言うと、鈴木もようやく表情を和らげる。

あれから何度も会って話していたのに、ずっと気にしていたのかと思うと、彼の真面目さに胸を打たれる。

（やっぱり、思ってたよりいい人だ……）

改めてそう思うと、恵は話を変えるように言った。

「そう言えば、自炊してるんですよね、鈴木さん。ほとんど毎日ここに寄ってくれてますし」

「ん？　ああ」

「料理は得意なんですか？」

「いや」

鈴木は、首を振った。

「実は苦手だ。せっかく帰り道にここがあるからと思っていろいろ買ってるんだが……。料理らしい料理はできていないな。ごはんは炊飯器を使って焚《た》いているが、野菜や肉は適当に切って焼いて…タレをつけたり塩胡椒《こしょう》をふって食べるので精一杯だ」

らしくない歯切れの悪い口調は、彼が本当に料理が苦手だということを伝えてくるかのようだ。

恵は「やっぱり」と思うと同時に、世話好きの血が騒いだ。

「だったら、僕、作りましょうか。よかったらですけど」

口にした途端、お節介だと嫌がられるかなと思ったが、鈴木は嫌というよりも驚いたようだ。

「え……」

一言零《こぼ》すと、目を瞬《しばたた》かせる。

そんな様子はどこか無防備で、最初に出会ったときの無愛想さが嘘のようだ。恵はにっこりと微笑んで続けた。

「うちの店でいろいろ買ってくれてますし、作りますよ」

「でも、面倒だろう」

「そんなことないですよ。それとも、お節介だと思いましたか?」

「そんなことはないが……」

「だったら、一回ぐらいは作らせてください。うちは総菜以外に野菜も自信があるんです。だから、できれば美味しく食べて欲しいな——なんて」

「それは……確かにわたしもそう思うが……」

鈴木はまだ躊躇《ためら》いがちだが、恵は「だったら作ります」と笑顔で言った。

「夜だと店が終わってからだから十時くらいになっちゃいますけど…それでよければ。それとも休みの方がいいですか? 僕、休みは月に二日ぐらいなんですけど、一応今度の水曜日が休みなんです」

「わたしはどちらでも。どちらかと言えば今度の水曜日の方がいいが……」

「じゃあ、水曜に」

念を押すように恵が言うと、鈴木はやっと微笑みを見せた。

「わかった。ありがとう。だが本当にいいのか? せっかくの休みなのに——」

「平気です。気にしないでください。それより、何か食べたいものとかありますか? なければ僕が勝手に作っちゃいますけど」

「任せる。好き嫌いはない。買い物はこちらでしていた方がいいか?」

「僕が買って持っていきますよ」

「じゃあ、あとで支払おう」

丁寧に一つずつ確認するように言う鈴木に、恵はますます好感を抱く。

相変わらずスーツが似合って格好がいいし、立ち居振る舞いも優雅な大人のそれだし、表情はどちらかと言えば無愛想なままだから、端から見ている人はまさか二人が自炊の話をしているとは思わないだろう。

鈴木がよく店に来るようになって、よく話すようになってからというもの、店のアルバイトさんたちに「あの格好いい人、今日もまた来てましたね！」と興奮気味に言われることが増えたが、同時に「どんな話をしてるんですか？」と不思議そうに尋ねられることもよくある。

彼女たち曰《いわ》く「あんなにきりっとした格好のいい人がどんな話をするのか想像がつかない」らしいのだ。

恵も、最初のころは彼にそんな印象を抱いていた。

あの日、助けてもらうまでは、外見のイメージから、彼のことを素っ気ない人だろうと思っていたほどだ。

スーツ姿に隙がなかったせいもあり、冷めていて、人のことは人のこと、自分に関係のないことには首を突っ込まない人なのではないか——と。

だが、違っていた。

恵を助けてくれたし、普段は無愛想気味でも、時折見せる笑顔は穏やかで柔らかだ。そしてときには年上なのに可愛《かわい》らしいような雰囲気も感じさせる。

恵は、鈴木が帰って行った後、野菜の品出しをしながら、小さく笑った。

見ていただけのときとはギャップがあるが、そのギャップが魅力的だ。しかも、そんなギャップは、おそらく自分しか知らない……。

そう思うと、我知らず笑みが零れてしまう。

と、

「どうしたんですか？　店長。にこにこしちゃって」

カゴの整頓をしていたアルバイトの中井《なかい》さんが不思議そうな顔で尋ねてくる。恵は慌てて「なんでもないよ」と頭を振った。

周りから「にこにこ」と言われるなんて、いったい自分はどんな顔をしていたんだろう？　考えると、頬《ほお》が熱くなる。

すると、中井さんは「あ、わかった」と悪戯《いたずら》っぽく笑った。

恵の心臓が跳ねる。

まさか鈴木のことを考えていたとばれたんだろうか……？

ドキドキしながら続きの言葉を待つと、中井さんは「小太郎《こたろう》くんのこと考えてたんでしょ」と笑いながら言った。

「店長、ホント小太郎くん大好きですよね。前の店長も『うちの子がうちの子が』って言ってましたし…犬好きファミリーなんですねえ」

そしてにこにこしながら続ける中井さんに、恵は胸の中で大きく安堵の息をついた。

「小太郎」は、恵が実家で買っている犬だ。柴の雑種で、恵が小学六年生のときに拾ってきた子だから、もう随分長生きをしている。

父母が店に出ていて家にいないときは、いつも小太郎と兄弟のように遊んでいたから、今でもとても可愛く、スマートフォンの中も彼を撮った写真でいっぱいだ。

店でもよく話をしているから、きっとそれと間違えたのだろう。

恵は、ほっとしつつ「まあね」と相づちを打った。だが、まだ頬はほんのりと熱い。

それを誤魔化すように俯くと、恵は作業を続けた。

◆
◆
◆

約束した水曜日は、空の色が綺麗《きれい》ないい天気だった。

恵は久しぶりの休みの日を朝から両親と過ごし、一緒に庭の家庭菜園の世話をすると、夕方から買い物をして鈴木の家へ向かった。

迷っていた献立は、結局、サツマイモごはんと茄子《なす》の挽肉あんがけ、コールスローサラダときのこと鮭《さけ》のホイル焼き、そして里芋の味噌《みそ》汁に決めた。

もし鈴木が気に入ってくれれば彼でも作れるものにしたかったから、旬の美味しい野菜を使って、比較的簡単にできるものにしてみたのだ。

そして辿《たど》り着いた鈴木の家は、案外質素な平屋の戸建てだった。

「へえ」

意外さに、恵は感嘆の声を上げた。

見なりのいい鈴木のことだから、てっきり最近できた大きなマンションにでも住んでいるのだろうと思っていたのに。

「……なんか、意外」

だが、その意外さは嫌な意外さじゃない。

彼と話し始めてそのギャップを魅力的に感じたように、今も彼の意外な一面に好感を抱いている。

恵は「へええ」と再び——今度は笑顔で呟くと、玄関のチャイムを鳴らす。

ほどなく、今帰ったばかりといった様子の鈴木が、笑顔でドアを開けてくれた。

◆

「美味しかった。ごちそうさま」

「どういたしまして。デザートまで用意できなくてすみません。でもこの柿《かき》、凄く美味しいですから」

「充分だ。ありがとう」

笑顔で言うと、鈴木は恵が剝《む》いた柿を美味しそうに口にする。

その様子に、恵はほっと息をついた。

我ながらお節介が過ぎたかなと思っていた夕食作りだったが、どうやら喜んでもらえたようだ。

行儀のよさは残したまま、すべての料理を気持ちよく食べてくれた鈴木を思い返し、恵は嬉しさが隠せなかった。

そのせいだろうか。

料理を一緒に食べたらすぐに帰るつもりだったのに、なんだか帰りがたくなってしまう。

迷惑かな…と気にはなったものの、もう少し彼と話がしたかったのだ。

そしていろいろと話してみれば、彼は都心の実家からわざわざここに引っ越してきたらしい。

その上で、都内の中心部にある会社に通っているというのだ。

恵は驚き、鈴木に尋ねた。

「ここからじゃ遠くないですか。僕もそう思って会社勤めのときは都内に住んでましたし……。友達は子供がいるのでこの町の実家から通ってますけど、やっぱり大変みたいですよ」

「そうだな。まあ…確かにちょっと時間はかかる。それでもこの駅からなら朝は座って通えるし、さほど大変じゃない。それに、職場からは少し離れたところの方がよかったんだ。気分転換できる」

「ああ……」

その言葉に、なるほどそういうことか、と恵は頷いた。

以前会社に勤めていたとき――その人は郊外に戸建てを建てた人だったのだが、やはり鈴木と同じことを言っていた。

眠る時間を確保したくて会社の近くに住む人もいれば、オンとオフの切り換えを重視して、少し離れたところに住む人もいるのだ。

納得すると、恵はこの家を初めて見たときのことをふと思い出し、苦笑しつつ言った。

「でも、同じこの辺りに住むにしても、鈴木さんならもっとこう…お洒落《しゃれ》なマンションとかを選ぶのかなって思ってました。少し向こうにある、あの高層マンションみたいな」

「……あれか」

「はい」

恵は頷く。すると、鈴木は微かに顔を曇らせた。

「ああいうのは……あんまり好きじゃない。質はいいマンションだが住みたいとは思わない。周りの風景も変えてしまっただろうしな」

「そう…ですね。あの辺りは小さなお店がいくつもあったんですけど、みんななくなっちゃいましたから……」

恵は、子供のころの風景を思い出しながら言った。

昔は、もっとたくさんの店があった。『ニノミヤ』以外にも野菜や果物、魚を売っている店があったし、おはぎを並べている和菓子屋やおもちゃ屋や、駄菓子屋もあった。遠くまで行くのは探検のようで楽しかった。

だがいつしか家の代わりにアパートが、アパートの次にはマンションが建つようになり、会社を辞めてここへ戻ってきたときには、昔あった商店街はなくなり、コンビニが増え、大きなタワーマンションが建っていた。

時代の流れなのかもしれないが、昔の面影がなくなっていくのは寂しいものだ。

その分便利になった面もあるけれど……子供のころとは随分変わってしまった。

思い返し、少しノスタルジックな気分になっていると、

「それに……」

と、少し躊躇うように鈴木が続けた。

彼らしくない口調に興味を引かれ恵が見つめると、鈴木はどこか照れているようなはにかむような表情を浮かべて言った。

「一軒家を借りたのは、犬を飼いたかったからもあるんだ。いつか飼いたいと思っていて……。だから、ここなら飼えるだろうと思って越してきた。残念ながら、まだ仕事が忙しくて飼えそうにないんだが」

「犬、好きなんですか？」

思いがけない話に、恵はテーブルの上に前のめりになりながら尋ねた。

まさか彼の口から、犬の話題が出るとは思っていなかった。

すると鈴木は、そんな恵の勢いに戸惑う様子を見せつつも「ああ」と頷いた。

「好きだ。ひょっとして、きみも？」

「ええ！　大好きです！　今も実家で飼ってるんですよ！」

「そうなのか。何犬だ」

「柴です！　でも雑種だから、正確にはわからないんですけど……でも凄く可愛いんですよ。小太郎っていって。あ、写真見ますか？」

興奮のまま、恵がいそいそとスマホを操作していると、鈴木が身を寄せ、顔を寄せてくる。

途端、それまで感じなかった香りが鼻先を掠《かす》めた。香水か何かだろうか。微かな緑の葉の香りだ。爽《さわ》やかでどこか落ち着くその香りは、彼にとても似合っている。

恵は、大人っぽいその香りを心地好く感じながら——しかし同時にどこかドキドキするような感覚を覚えながら、頬が触れるほど顔を寄せてきた鈴木に、「これと…これと……」と、次々と小太郎の写真を見せる。

親馬鹿なのはわかっているが、機会があれば可愛い我が子を見せたいのが親心だ。

ちらりと窺《うかが》えば、鈴木は頬をほころばせて写真に見入っている。

リラックスした彼の表情は、本当に犬が好きな人の顔だ。

気づけば、自然に言葉が零れていた。

「あの——よかったら今度うちに来ませんか。小太郎に会いに」

「え？」

「僕の実家、スーパーからすぐですから、ここからもそんなに遠くないですし」

「迷惑だろう」

「大丈夫ですよ！　犬好き同士ですし大歓迎です！　小太郎も人に会うのが大好きだし……。あ、そうだ。なんなら今からってどうですか？　少し遅いですけど、腹ごなしに」

「……」

早く見せたくて一気に捲《まく》し立てる。が、次の瞬間、鈴木が黙っていることに気づき、「あ」と恵は口を噤《つぐ》んだ。

さすがに性急すぎただろうか。

煩《うるさ》いと思われただろうか？

「す…すいません、一方的に」

「いや」

小さくなりながら謝ったが、鈴木は首を振る。そして微笑みながら言った。

「ちょっと驚いていただけだ。そんなに熱心に誘ってもらえると思ってなかった」

「……」

「食事を作ってもらって、その上犬に会えるなんて思っていなかった」

「……今度こそお節介…ですよね」

「お節介だなんて思ってない。ただ…きみは普段もこんな感じなんだなと思っていた。店にいるときと変わらないんだな」

「『こんな感じ』って……」

気になって小さな声で尋ねると、鈴木はくすりと笑い、どこか遠くを見るような眼差《まなざ》しで言った。

「わたしが見た範囲でだが、店にいるときもいろいろ気を配っているだろう。お客にも、店の人にも。そういうところは感じがいいなと思っていた。だから、きみがクレーマーのような男につけ込まれていることに腹が立ったんだ」

「……そ、そう……だったんですか」

「そうだ。あれからは大丈夫か」

「だ、大丈夫です。それに、今度はきちんと対処しますから」

恵が言うと、鈴木は目を細め「そうだな」と頷く。

間近で、しかも一対一でストレートに褒められ、恵は頬がじわりと熱くなるのを覚えた。常連のお客や、昔から恵のことを知っている人たちから「頑張ってるね」と声をかけられるのとは、また少し違った嬉しさだ。

純粋な「お客」として来てくれていた同じぐらいの歳の男の人に褒められるのは、自分の仕事が認められたような気がして、自信になる。

「じゃあ、うちに来ますか？」

恵は胸が熱くなるのを感じながら、確認するように尋ねると、

「ああ」

と、鈴木は頷く。

やがて、「片づけはわたしがやろう」と申し出てくれた鈴木が食器を洗い終えると、二人は恵宅を目指し、連れだって鈴木の家をあとにした。

「まさか、散歩までさせてもらえるとは思ってなかった」

喜んでくれているからか、心なしか上擦っている鈴木の声を嬉しく聞きながら、恵は「こちらこそ」と笑った。

◆

時間が遅いため、実家近くの夜の公園は、今は二人と一匹だけだ。

いつもの散歩コースを歩いた帰り、なんとなくまだ家に戻りたくなくて、恵は鈴木をここへ誘ったのだ。

恵の案内で家にやってきた鈴木は、両親への丁寧な挨拶《あいさつ》の後、小太郎に会うとぱっと顔を輝かせた。

まるで少年のようなその貌は、もういくらか鈴木のギャップにも慣れたと思っていた恵にも衝撃的で、相手は年上の男だとわかっていても、なんだかドキドキしたものだ。

(だって、まさかあんなに喜ぶなんて思ってなかったし)

ベンチに並んで腰を下ろしている鈴木をちらりと横目で見ると、恵はほんの三十分ほど前のことを思い出し、胸の中でひとりごちる。

喜んでもらえればいいなとは思っていたけれど、あんなに嬉しそうにしてくれるとは思わなかった。

あのときの笑顔は今でもすぐに思い出せる。

今も、鈴木は優しい表情で小太郎を撫《な》でている。ついついそんな様子をじっと見つめてしまっていると、

「素敵なご家族だな」

不意にこちらへ顔を向け、鈴木が微笑みながら言った。

「お父様もお母様も優しそうで…いいご家庭だ。だからこの子もこんなに元気で可愛いんだろうな。人懐こい」

「え、ええ。昔から人好きで」

「だが、本当に迷惑じゃなかったか。こんな時間に押しかけてしまって」

不安そうに微かに顔を曇らせる鈴木に、恵は「大丈夫です」と首を振ってみせた。

「友達とかも、夜、店が終わってから訪ねてくることがありますし、大丈夫ですよ。それに、僕の方から誘ったんだし」

「そうか?」

「はい。なにより、今夜鈴木さんが来てくれて小太郎が凄く喜んでますから。さっきから見てましたけど、鈴木さん、撫でるの上手いですよね。もともと触られるのが好きな子だけど、僕が撫でるときより喜んでるみたいだ」

二人の足元にちょこんと座っている小太郎は、鈴木に撫でられるたび、心地好さそうに目を細めている。

(余程気持ちいいんだろうな)

すっかり寛《くつろ》いでいる小太郎に恵が頬を緩めると、鈴木は「よかった」と笑った。

今日はスーツ姿ではなく普段着だからなのか、それとも犬といるせいなのか、その笑みはいつも見る彼の笑顔よりも一層柔らかで、見ているだけで恵も胸が温かくなるのを感じる。

目が離せずにいると、そんな恵の視線の先で、鈴木は静かに続ける。

「それにしても、きみはその年で店長だなんてたいしたものだな。店もいつ行っても活気があって、地元の方に愛されているようだし」

「あ…そ、それは父がずっと頑張ってきてくれたからだと思います。僕なんかまだまで……店長って言っても周りから助けられることの方が多いですし。父が店長だったときのいろんな蓄えで、なんとか経営できているようなものですから」

「そうは言っても、跡を継ぐためにわざわざ会社を辞めたなんて凄いことだろう。あの店が好きなんだな」

穏やかでしっとりとした柔らかな声は、じわりと全身を包み、染み込む。

そして同じように穏やかで温かな鈴木の瞳に見つめられたとき、恵は自分でも思ってもいなかったことを口にしていた。

「僕の…父や母は本当の両親じゃないんです」

別に秘密にしていたわけじゃないけれど、まさか聞かれてもいないのに自分から打ち明けるとは思ってもいなかった。だが自然に声が零れ出た。

自分でも驚いていると、案の定、鈴木は目を丸くする。

しかし直後、彼はそれまでのような穏やかな落ち着いた貌になる。話を聞いてくれる気配を感じ、恵は続けた。

「実の両親は僕が子供のころに事故で亡くなって…そのとき引き取ってくれたのが今の父と母なんです」

「……」

「それからずっと本当に…凄くよくしてもらって。店があっても僕の学校行事には必ず顔を出してくれたり。本当の両親のように思ってます。だから父が具合を悪くして店を続けられないかもって聞いたときには、すぐに僕がやろうって思ったんです。僕も子供のころからよく店に行っていたし、父や母がずっと続けてきたところだから」

第三者に話すと、自分にとって今の父母がどれだけ大きな存在かが改めてよくわかる気がする。

もしかしたら——もしかしたらだが、本当の両親が経営していた店だったなら、自分はこんなにも思い入れていなかったかもしれない。跡を継いでいなかったかもしれない……。

恵は、話しながらぼんやり思う。

するとその耳に、

「……そうだったのか」

小さく呟いた鈴木の声が届く。

その呟きも、向けられている視線も、やはりどうしてかじわりと胸に染みるものだ。

まるで兄に見つめられているような、家族に見つめられているような、そんな感覚だ。

だが、それらとはどこか違う気配もする。

恵は、この感覚の正体が気になって、じっと鈴木を見つめ返す。

しかし結局、それはわからない。

それだけでなく、時間が経《た》つと自分が口にした話の重たさが今さらながらに気になってしまう。

恵は慌てて、今の告白を鈴木に謝った。

「あ…あの……すみません、急にこんな話をしてしまって。そんなつもりじゃなかったんですけど……なんだか、鈴木さんといたら…つい」

「どうして謝るんだ」

すると、意外にも鈴木は不思議そうに言った。

「別に嫌な思いをさせられたわけじゃない。きみが謝ることはないだろう」

「でも、こんな重たい話されて困りましたよね……」

「軽い話ならよくて重い話はよくないというものでもないだろう。むしろ、きみがそうして打ち明けてくれたことは嬉しかったが」

「え……？」

驚く恵に、鈴木は柔らかく目を細める。

「他人から信頼されていると思えば嬉しいものだ。特にきみには世話になっているし、話を聞くぐらいならいつでも相手になる」

「……」

「それにしても、きみにそんな事情があったなんて知らなかった。いろいろと大変だったんだな。だが……」

そこで少し声を切ると、鈴木はふっと笑んで続けた。

「今の話を聞いても、きみのご両親が素敵な方々だという印象や、きみたちが素敵な家族だという印象は変わらない。ああしたご両親が頑張ってきた店だから、きみも本当に好きなんだろうな」

「……」

柔らかな声音で紡がれたその言葉は、恵の胸を震わせ、熱くする。

今まで誰にも言わなかった両親と店への想《おも》いを、そっと掬《すく》い取ってもらえたような心境だ。

感じている恩。感謝。自分の希望。大切な店を継がなければという想い……。胸の中にずっとあった、上手く言葉にできない気持ち。それが、彼にだけは通じたような気がする。

恵は感動とも感激ともつかない想いに包まれながら、小太郎を撫でる鈴木の大きな手をじっと見つめ続けた。

◆

◆

◆

「店のお祭りがあるのか」

「はい。と言っても、そこの角の月極駐車場の一部を借りてやらせてもらっているもので、そんなに大きなものじゃないんですけど……秋の大きめの売り出しっていうことで、去年からやってるんです。普通の売り出しの他に、いくつか屋台みたいなお店も出して……まあ、ちょっとしたイベントで」

十月の最終週。

鈴木に出会って二週間ほどが経ち、街路樹もすっかり秋の色に色づき、空も高くなったある日のこと。

店の内外に貼《は》り出しているポスターの前で足を止めた鈴木に、恵は月末の祭りについて丁寧に説明した。

月末の土曜日、『ニノミヤ』では去年から「秋の収穫祭」を開催している。通常の特売に加えて、近くの駐車場の一部を借り、産地直送の野菜を並べて大々的に売り出しをするのだ。

秋の大売り出し自体は父が店長のころからやっていたが、恵は去年から、それに加えて屋台や子供向けのちょっとした店も催すことにした。

せっかくなら子供にも喜んで欲しいと思ったし、そうすることでさらなる集客も期待できるのでは、と考えて。

そして実際、去年はそれまでよりも多くの人に来てもらえた。

そう話すと、鈴木は「なるほど」と頷いた。

「いいアイディアだ。小売店はどれだけいいものを売っていても、それを知ってもらわなければ話にならないからな。この店は売っている商品は間違いないものだし、お祭り目当てのお客でも、一度ここで買い物をすれば、また来る人も多いだろう」

頷きながらそう話す鈴木の横顔は、いかにも「仕事のできる男」といった様子で、恵はそんな鈴木に憧《あこが》れるような惹《ひ》かれるような気持ちを感じずにはいられなかった。

この間、一緒に小太郎の散歩に行ってからというもの、恵は鈴木のことがますます気になっていた。

会ってまだ日が浅い相手だけれど、どうしてか自分の気持ちをとてもよくわかってくれる気がして。

だがふと、そこで一つ疑問が湧《わ》いた。そう言えば、鈴木は何をしている人なんだろうか。

(都心の会社に勤めてるって話だったけど、詳しく訊《き》いてないし……)

恵は鈴木の横顔を見ながら、軽く首を傾げる。

尋ねてみようかと思った、そのとき。

「今年もお祭りやるんだ?」

背後から朗らかな声が届く。

振り向けば、そこには敬之の従妹であり幼なじみの菅野みゆきが立っていた。小柄で愛《あい》嬌《きょう》のある笑顔。

「うん、やるよ。今日は仕事休みだったの?」

恵は身体ごとそちらへ向くと、いつもの気安い口調で返事をした。

みゆきは、ここから少し駅側に行ったところの花屋で働いている。昔から花が好きで地元で就職したいと言っていた彼女にはぴったりの職場だ。

みゆきがにっこりと笑った。

「うん。朝から出かけて買い物して、映画を見に行ったの。今日はジャガイモが安いんだね」

そして、すでにジャガイモを入れているカゴを軽く揺らしてみせる。恵は笑顔で頷いた。

「少し形は悪いけど、味は間違いないよ。僕も食べてみたけど、美味しい」

「去年は確かお祭りの日にジャガイモが大安売りだったよね」

「今年も安くするよ。ジャガイモだけじゃなくて、芋の詰め放題をやる予定だから、よかったら来てよ」

「わ、楽しそう。でもお店があるから行けるかなあ……」

みゆきは、小首を傾げて考えるような表情を見せる。その仕草に、恵は自然と頬がほころぶのを感じていた。

彼女は、恵にとって敬之同様仲のいい幼なじみで、地元へ戻ってきて店の跡を継ぐことを打ち明けたときにも、敬之とともに何度となく励ましてくれた。

昔から知っている間柄だから親同士も仲がよく、互いの家を行き来することも少なくなかった。

ずっと昔から知っているから、今さら「つき合う」とか「恋人同士」という関係に変わることはないだろうと思っているが、昔はそんなこともちらりと考えたことがあったし、今でも可愛いなと感じたことは何度もある。

「じゃあね」と手を振って鮮魚のコーナーへ歩いていくみゆきの背中を見つめていると、

「……彼女か？」

ぽつりと呟くような鈴木の声が届き、恵は驚いて振り返った。

「ち――違いますよ！　幼なじみです！　近くの、花屋さんで！」

応える声が上擦る。

彼がいることをすっかり忘れていた。

「昔からの知り合いで……妹みたいなものです！　別に、彼女とかじゃありません」

「『まだ』彼女じゃないっていうところか」

「だから違いますって！」

恵は真っ赤になりながら言った。

恋人じゃない。ただの幼なじみ――と言い切りたいが、昔は女性として意識したこともあるせいで動揺して、ついつい声が狼狽えてしまう。

「……違います」

それを誤魔化したくて、恵が睨むようにして言うと、鈴木は小さく吹き出すように苦笑する。

「そんなにムキになって反論しなくてもいいだろう」

「だっ、だって鈴木さんが変なこと訊くから……」

恵がもごもごと言うと、鈴木はからかうように――だがこちらの様子を窺うかのように、微かに目を眇《すが》める。

「そうか？　楽しそうに話していたからてっきりそうかと思ったんだが」

「い——今は店が一番です。店のことだけで精一杯で、そういうことを考えてる時間はありませんから」

「そうか」

「そうです！　お祭りの準備もあるし、最近は、なんだかこの辺りを買おうとしてる会社もあるっていう話だし、店のことをしっかりしないと……」

恵は、今朝出かける前、父と母が話していたことを思い出しながら言った。

テレビを観《み》ながら世間話のように話していたのを小耳に挟んだだけだから、ただの噂話なのかもしれない。

だが、この店周辺の土地をまとめて買おうとしている会社があるという話は以前から何度も話題になっていたし、近くにあった商店街がマンションに変わってしまったせいで、どうしても気になってしまう。

恵は、思わずぎゅっと拳《こぶし》を握り締めた。

この店は、父と母が大切にしていたものだ。自分の思い出も詰まっている。

大切な場所なのだ。だから継いだ。自分が護っていかなければ。

すると、そんな恵の表情に気づいたのだろう。

鈴木はふっと息をつくと、「すまなかった」と呟くように言った。

「彼女なら……邪魔したかと思ったんだ」

次いでそんなことを言う鈴木に、恵は目を瞬かせる。

やがて、苦笑して言った。

「違いますよ。それに、誰といたって鈴木さんは邪魔なんかじゃありません」

当たり前じゃないですか、と続けると、今度は鈴木が一瞬驚いたような顔を見せる。

ややあって、「そうか……」と、嚙み締めるように言って微笑むと、再びじっとポスターを眺め、買い物袋を下げて店を出ていった。

◆
◆
◆

「店長、大下《おおした》くん来ました？」

事務所のドアを開けて入ってくるや否や、祭りの会場で誘導係をしていたはずの斉藤さんが焦り顔で尋ねてくる。

恵は、売り上げの推移の確認をしていたパソコンから顔を上げると、「ううん」と首を振った。

「まだなんだよ。連絡もとれないし……どうしたんだろうね。お祭り会場の方はどう？」

「去年より人多いですよ。飲み物が足りなさそうなので、裏から持っていっていいですか？」

「いいよ。ただ、何持っていったかはちゃんとノートにつけておいて」

「わかりました。それにしても大下くん、どうしたんでしょうね。大下くんが来ないと、人数足りないんですよね」

「うん……。夕方からは店の方も立て込むから人を減らせないしね」

「どうします？　実はそろそろ輪投げコーナーの辺りにお客さんが並び始めてるんです」

「え？　まだ何も準備できてないのに？」

驚いて尋ねると、斉藤さんは無言で頷く。恵は困ったな、と眉を寄せた。

迎えた月末の収穫祭当日。

『ニノミヤ』では、ポスターで告知していた通り、今日の昼過ぎからぼちぼちと祭りをスタートをさせていた。

歩いてすぐの駐車場の一角を借り、産地直送の野菜をずらりと並べた他、ジャガイモ・サツマイモの詰め放題、菓子の詰め放題、新製品のジュースの試飲コーナー、総菜部からの出張で焼き鳥や唐揚げ、焼きそばやタコ焼きといった軽食の販売を催し、これからの夕方から夜にかけてますます盛り上がる予定だったのだが——。

そうした催しの一つで、子供向けのゲームコーナーとして企画していた輪投げの店番予定だったアルバイトの大下くんが、時間になってもやってきていないのだった。

大下くんは学生でまだ若いながら責任感があり、今までは一度も時間に遅れることはなかったのだが……。何かあったのだろうか。

確かめようにも彼は一人暮らし。携帯電話も通じず、一時間ほど前から恵はすっかり困っていた。

今日は店にも祭り会場にも人手がいるということで、アルバイトさんにもパートさんにも全員出てきてもらっている。一人欠けると手が足りなくなってしまうのだ。

輪投げのコーナーを中止にすれば人手不足は解消するが、去年大盛況だったこのコーナーは、今回の祭りの子供向けの目玉の一つだ。チラシやポスターではすでに開催予定の告知をしてしまっているし、数日前から問い合わせも多かった。

恵は、去年の子供たちの笑顔を思い出すとともに、今こうしている間も、「早く始まらないかな」と待っているに違いない子供たちの表情を想い、唇を噛む。

いつしか俯き、考え込んでしまっていると、事務所の電話が鳴った。

「あ、出ます」

恵が取るより早く、斉藤さんが受話器に手を伸ばす。

緊張が緩み、恵がふーっと息をついたときだった。

「――店長、ちょっと、代わってもらえますか？」

電話に出てくれた斉藤さんが、小声で言った。

「電話、警察からなんです」

「警察？」

慌てて出てみれば、なんとそれは大下くんが事故に遭《あ》ったという連絡だった。

どうやら、彼はここへ向かっている途中に、信号無視の車と接触したらしい。

「はい…はい。はい……。じゃあ、とにかく本人は無事なんですね。はい……はい。わかりました」

焦りつつ話を聞いて電話を切ると、恵は、心配そうな顔をしている斉藤さんに事情を話した。

事故に遭ったこと、幸い命には別状がないものの、打ち身があるため今夜は病院で検査しなければならないこと――。

そう伝えると、斉藤さんはほっとしたような顔を見せた。

「そうだったんですか。でもよかったです。……大事にならなくて」

「それだけは不幸中の幸いだったよね。ただ、そういう事態だから輪投げのコーナーは中止しようと思うんだ。考えたんだけど、やっぱり人手を割く余裕はないし」

「そう…ですよね。仕方ないですよね。でも、やらないって知ったら子供たち凄く残念がりますよ。これ目当ての子、結構いるみたいですから」

「うん……でも今回は仕方ないよ」

言いながら、恵は近くにあった紙にマジックで中止のお知らせを書くと、それを持って立ち上がる。

大下くんが来たらすぐに開始できるように、と、輪投げコーナーの準備だけはすでに済ませてあるのだ。やらないと決めたなら、早く撤収に向かわなければ。

しかし、暗い気持ちで会場に向かった恵が見たものは、青い大きなシートをかけている輪投げコーナーの周りを、遠巻きに取り囲んでいる子供たちの姿だった。

小学生ぐらいの子たちが十人ぐらいいだろうか。

楽しみにしてくれていたのに……と思うと、胸が痛む。

思わず、手にしていた「中止になりました」と書いた紙を背中に隠すようにして近づいていくと、

「あっ！　来た！」

恵の顔を知っている一人の子供が声を上げ、勢いよく駆け寄ってきた。

「ねえねえ、輪投げ、まだ？」

期待の籠もった大きな瞳で見上げられ、言葉に詰まる。

「あ…うん……」

なんと言えばいいのだろう？

ただ一言「今日はできなくなった」と言えばいいのだろうか。それとも詳しく理由を話してわかってもらった方がいいのだろうか？

次々と駆け寄ってくる子供たちに囲まれ、恵が惑っていると、

「何かあったのか」

どこからか、聞き覚えのある声がした。鈴木だ。来られたのだ。

彼は子供たちの間を縫ってくると、こちらを気遣うように見つめてくる。

途端、恵はいつにない安堵を覚え、強張っていた肩からふっと力が抜けるのを感じた。

何があったわけでもないのに、鈴木の顔を見るとほっとする。

そんな恵の様子から、鈴木は何か察したのだろう。

「ちょっとこっちで話さないか」

恵を、子供たちのいない方へ誘うと、「どうしたんだ」と小声で尋ねてくる。恵は「実は……」と事情を切り出した。

「予定していた輪投げを中止しようと思っていたんです。店番をするはずだったバイトの子が事故に遭って来られなくなっちゃって。人手が足りないから、今回は無理かなって」

「……」

「ただ、楽しみにしてた子供たちに中止を伝えるのは気が引けて……。仕方ないんですけど……」

隠すようにして持っている紙を、恵は思わずぎゅっと握り締める。するとそのとき、

「……わたしじゃ駄目か」

鈴木が言った。

驚いて目を瞬かせる恵に、鈴木は続ける。

「店番だ。よければわたしがやろう」

「え……。で、でもそんな」

「子供たちが楽しみにしていたものなんだろう？　それに、せっかくきみが準備していた祭りだろう。わたしも楽しみにしていたし、よければ手伝おう」

「……」

「それとも、バイトでもないわたしでは問題があるか」

「そんなことありません！」

恵は慌てて首を振る。

けれど、本当にいいのだろうか。

彼の厚意に甘えてしまって、本当にいいのだろうか？

しかし戸惑う恵をよそに鈴木はもうやる気のようだ。上着を脱ぐと、続いてシャツの袖《そで》の

ボタンを外し、腕捲りする。

「じゃあ、お願いします！」

　恵も心を決めると、ばっと頭を下げた。

「料金は、一回百円です。参加できるのは小学生だけで、何年生かによって投げられる場所が変わります。百円で五回投げられて、合計の点数で景品を渡すんです」

「わかった」

「全部外れた子でも、参加賞にジュースがあります。ジュースはクーラーボックスの中で冷やしてますけど、足りなくなりそうなら店の方に連絡してください。一応、去年の経験をふまえて多めに用意してるので大丈夫だとは思うんですけど……」

「ひょっとしたらなくなるかもしれないな。なにしろ、随分人気のようだ」

　笑いながら鈴木は言うと、足早に輪投げコーナーの方へ戻る。そして手早くシートを取り去ると、子供たちの歓声が上がる中、手際よく開始準備を進め始めた。

　恵は嬉しさと感激と胸が熱くなるのを感じながら、手にしていた紙をポケットにねじ込むと、子供たちに向け、予定より少し遅れて始まることを説明する。

　話している最中から、子供たちの表情がみるみる明るくなるのがわかった。

（よかった……）

　恵は、ほっとすると同時に、改めて鈴木への感謝の気持ちを強くした。

中止にしなくてよかった。こんなに楽しみにしていた子たちをがっかりさせなくてよかった。

でもまさか彼が協力してくれるなんて。

「鈴木さん。あの、ありがとうございます」

恵は子供たちを順に並ばせると、もうほとんど準備を終え、用意していた店のエプロンまでつけた鈴木のもとへ向かい、頭を下げる。

どれだけ感謝してもし足りない。

だが、鈴木は「そんなに気にするな」と首を振った。

「やれそうだったから申し出たまでだ。それよりも、本当にわたしでいいのか。申し出ておいてなんだが、わたしは部外者だ。わたしのせいでかえってきみやきみの店に迷惑をかけたり——」

「大丈夫です」

恵は、鈴木が言い終えるより早く、きっぱりと言った。

「大丈夫です。僕は鈴木さんを信じてお任せしたんです。鈴木さんは…鈴木さんは僕の大切な友人で、信頼できる方ですから」

「……」

「だからもし、誰かに何か言われたら、僕をすぐ呼んでください。僕がその人に説明します」

恵は再び、さっきよりもしっかりとした口調で言う。

確かに、店のパートでもアルバイトでもない鈴木が店番をしていると、不審に思う人もいるかもしれない。

だが、彼は信頼に足る人だ。そして厚意でその役目を申し出てくれたのだ。

そんな彼の気持ちに報いるためにも、もしクレームが起こった際には店長としてしっかり応対するつもりだ。

すると、鈴木はじっと恵を見つめ返し「友人、か」とぽつりと呟く。そして「わかった」と深く頷いた。

「そろそろ始めよう」と独り言のように言う鈴木に「よろしくお願いします」と再度頭を下げると、恵は店へ戻る。

気になって振り返った視線の先で、子供が待ちきれないといった笑顔で鈴木に百円玉を渡すのが見えた。

◆

「では、こちら二百二十六円のお釣りです。ありがとうございました！」

手早く、且つ丁寧にレジを打ち釣りを渡すと、次に並んでいるお客に「お待たせいたしました」と笑顔で声をかける。

そして再び手早くレジを打ちながら、恵は他のレジの様子に視線を走らせた。

時間は午後八時少し前。

五台ある店のレジにはすべて列ができているが、ピークの時間を過ぎたからか、一時ほどの混み具合ではなくなっているようだ。

「――ありがとうございました」

恵は会計を終えると笑顔で会釈しつつ、ほっと、小さな息をつく。

いつもなら、店長の恵はレジに入らない。何かあったときに応対できないからだが、今日はそんなことは言っていられなかった。

チラシやポスターが影響したのか、それとも去年開催したことで恵が思っていた以上に今日の特売と祭りがお客に知られていたのか、来店者数は去年以上で、とにかく忙しく慌ただしく、まるで年末の売り出し時のようだった。

店の仕事と祭り会場の店番とを交代でしているパートさんとアルバイトさんの話によれば、会場の盛り上がりも相当なもので、用意していた産直野菜のほとんどは完売。その他、屋台も詰め放題のコーナーも盛況で、賑わいが賑わいを呼んでいる様子らしい。

輪投げのコーナーも子供の列が途切れず、店番の鈴木は大変そうだったとのことだ。

『あの、鈴木さん、でしたっけ？　あの人が手伝ってくれて助かりましたよね。やっぱり輪投げ、人気でしたから』

詰め放題の店番をしていたパートさんが、店に戻って言っていたのを思い出しながら、恵は鈴木に思いを馳《は》せた。

（大丈夫かな、鈴木さん……）

店の方が忙しくなったせいで、恵はあれきり祭り会場の方には行っていない。

気にはなっているものの、結果的には任せきりの格好になってしまっている。鈴木は大丈夫だろうか。

（少しだけでも、様子を見に行けないかな）

なんとかできないだろうかと考えかけたときだった。

「店長、向こうの方、見に行ってきた方がいいんじゃないですか？」

隣のレジに入っていた斉藤さんが、そう声をかけてきた。

「今なら、少しお客さんも落ち着いてますし……。あっちも気になるでしょう？」

「え…でも……」

「何かあればすぐに呼びますから、様子、見てきたらいいじゃないですか。向こうにどれだけ人が来てるのか、実際に見ておかないと」

そう言って斉藤さんは外を指すと、「ね」と言うように他のレジ係のアルバイトさんたちに目を向ける。恵もつられて見れば、みんな笑顔で「うんうん」と頷いている。

「それに、鈴木さんの様子も気になるじゃないですか」

「そうですよ。わたしが見たとき、結構子供たちが並んでたんですよね……。急なことだったし、大変じゃないかなあ……」

「そうですよ店長！　任せっぱなしなんて王子の名がすたります！　見てきてくださいよ」

「お、王子って——だからそれは」

「とにかく！　一度行ってみた方がいいと思います。店長も、気にしてますよね？」

「……」

彼女たちの口調からは、鈴木を心配しているのか鈴木を気にしている恵を気遣ってくれているのかはわからない。それでも、背中を押された気がして、恵は「わかった」と頷いた。

「ちょっと行ってくるよ。様子見てくる」

そして担当していたレジを一旦《いったん》閉め、店の出口へ向かう。しかしそこで、やはり店が気になって振り返った。

「でももし忙しくなったら——じゃなくて、なりそうだったらすぐ呼んで。すぐ戻ってくるから」

「わかってます」

「いつも店に来てくれるお客さんに迷惑かけたら、お祭りの意味がないんだし——」

「わかってます！　大丈夫ですから！」

ついつい何度も振り返って言葉を継ぐと、うんざりしているような苦笑しているような斉藤さんの声が届く。

恵はそれを聞きながら、足早に店を出た。

◆

いつもなら一分もかからない、角の駐車場。けれど祭りのせいで人が多いのか――それとも気が焦りすぎているからなのか、鈴木に渡すものがあって一旦店に戻ったためか、辿り着くまでえらく時間がかかった気がする。

だが、そんな焦りも、行き交う人たちの楽しそうな表情を見て賑わいを感じ、子供たちの楽しそうな声を聞いていると、いつしかうきうきとした気分に変わる。

「やったー！　取れたー！」

「おかーさーん！　これ買ってー！　もう一個ー！」

去年に続いて二度目の祭りは、想像していた以上に盛り上がっているようだ。

（よかった）

特売の野菜や果物も売り切れているのを確かめると、恵はほっとしつつ、鈴木がいるはずの輪投げコーナーを目指す。

と、そこには鈴木と、輪投げをやっている兄弟らしき二人の男の子たちがいた。

たまたまなのか、今は他に子供はいない。恵は近づくと、鈴木に声をかけた。

「お疲れさまです」

「ああ、お疲れさま」

鈴木の顔には、確かに疲れが浮かんでいる。だが、彼が見せた笑顔に、恵は一瞬ドキリとした。

普段の彼とは違う、子供のような貌だ。

思わず見とれてしまっていると、

「店は大丈夫か」

今度は鈴木の方から声をかけてくる。慌てて、恵は「はい」と頷いた。

「今はお客さんが少なくて……だから様子を見に来ました。すみません、今までほったらかしで」

すまなさで、つい声が小さくなる。だが鈴木は首を振ってみせた。

「気にするな。こっちがほったらかしになってたってことは、店の方が忙しかったんだろう？　いいことだ」

「……」

「こっちはこっちで自由にやらせてもらってる。……と言っても、言われたことは守ってるし、幸い誰からも何も言われてないから心配するな。人もそろそろ引いてきたか……。ここは何時までの予定なんだ?」

「あと三十分ぐらいです」

時計を見て、恵は答える。

鈴木は頷くと、輪投げが終わった兄弟の二人に笑顔でジュースを渡し、彼らがいなくなるとふうっと息をついた。

「輪投げ、人気だな。ずっと子供たちの列が途切れなかった。今の子たちも、もう三回目だ」

そして思い出すように笑うその横顔は、疲労の色が浮かんでいるのにそれがどこかセクシーで、目が引き寄せられるほど魅力的だ。

いつもと違い、今は髪が降りているからだろうか。普段よりも取っつきやすく優しく見える。

腕捲りしたシャツに、『ニノミヤ』のエプロン。座っているのは古びたパイプ椅子《いす》。だが、それこそどこかの王子のように格好がいい。

「あの、今日はありがとうございました」

また一人、やってきた子供と鈴木とのやりとりが終わると、恵はぽつりと言った。

ニノミヤ

「助かりました。本当に……助かりました。ありがとうございます」

二人の目の前で、輪投げに興じている男の子。彼の嬉しそうな顔も悔しそうな顔も、鈴木がいなければ見られなかったものだ。

すると鈴木は、柔らかく目を細めた。

「そんなに礼を言われるようなことはしてないさ。むしろ、こっちこそいい経験をさせてもらったぐらいだ。なかなかこんな機会はないからな」

そう言って微笑む鈴木の貌は、見ているだけで胸が温かくなるようなものだ。

恵は、再び見とれそうになるのをなんとか堪《こら》えると、子供がいなくなった頃合いを見計らい、「あの……」と切り出した。

「これ。お礼です」

そして、封筒に入ったお金を差し出す。一旦店に戻って用意したものだ。仕事帰りで疲れているだろうに、請け負ってくれた彼のために何かしたくて用意したのだ。

だが、彼は苦笑するだけで受け取らない。戸惑う恵に、鈴木は言った。

「そんなつもりで店番を申し出たんじゃない。さっさとしまえ」

「でも」

「きみの言葉だけで充分だ」

「……」

その言葉は、じわりと恵の胸に染み込む。嬉しい。けれど何もしないわけにもいかない気がする。

ひとまず封筒はしまったものの、次にどうすればいいのかわからずにいると、鈴木はそんな恵の困惑に苦笑するかのように小さく口の端を上げ、クーラーボックスの中のジュースを一つ、取り上げた。

「どうしてもというなら、これだけもらおう。あとはそうだな……いつかまた、きみが作ってくれた料理を食べられたり小太郎くんに会えたりできれば」

そしてにっこり笑うと、鈴木はジュースを一口呷《あお》る。

恵はその横顔を見つめながら、胸が熱くなるのを感じていた。

◆　◆　◆

秋の収穫祭が終わると、クリスマスから年末年始にかけての大きな売り出しまでは、少しゆっくりとした時間になる。

恵は安売りの缶コーヒーを店内の目立つ場所に積み上げながら、これからの休みのシフトについて考えていた。

自分の休みは一番最後に決めるが、その休みをなんとか鈴木の都合のいい日にできないだろうか？

昨日の収穫祭は、去年以上の売り上げだった。お客さんからの評判も上々で、今日は朝から何人ものお客さんに「来年もやるんでしょ？」と確認されている状態だ。

それも、鈴木が協力してくれたおかげだ。それがすべてではないけれど、彼のおかげで輪投げコーナーを中止せずに済み、子供たちの期待を裏切らずに済んだ。売り上げにも繋がっただろう。

恵の胸の中を、昨日の鈴木の顔が、そして言葉が過《よ》ぎる。

『いつかまた、きみが作ってくれた料理を食べられたり小太郎くんに会えたりできれば』

そんな礼でよければ、おやすいご用だ。

むしろ、恵の方こそまた彼とゆっくり話をしてみたかった。小太郎もきっと会いたがっているだろう。なんとかして、休みの都合をつけたい。

店に立ち寄る時間から考えると、鈴木の仕事時間は随分不規則なようだ。昨日のように少し早めに来ることもあれば、週末も働いているようだし、前と同じ曜日で大丈夫だろうか。

（訊いてみた方がいいよな……）

胸の中で呟いたとき。

「二宮くん」

後ろから声がかけられる。

振り向けば、そこにはみゆきが立っていた。しかもいつにない、満面の笑みだ。

驚いていると、彼女は「えへへ」と笑い、さっと左手を出した。そこには——その薬指には綺麗な石の嵌《はま》った指輪がある。

「え……」

恵が戸惑っていると、彼女は「もらっちゃった」と笑った。

「昨日、プロポーズされたの。だからお祭りには行けなくて……ごめんなさい。でも、だからお詫びに一番に知らせに来たの」

「……」

そして弾むような声で一気に言うと、ますます笑みを深める。

幸せいっぱい、といったその顔は、輝いていて眩《まぶ》しいほどだ。

だが恵は驚きに声も出せなかった。

プロポーズされた？　彼女が？

すると、黙ったままの恵を不審に思ったのだろう。

「どうしたの？　やっぱり昨日来なかったこと、怒ってる？　でも店は抜けられなかったし、帰ろうとしたら彼が店に迎えに来てて……」

「あ——ううん」

慌てて、恵は頭《かぶり》を振った。

なんだか上手く考えることができない上に、彼女の声が遠くに聞こえるけれど、怒っていないことは伝えなくては。

「別に、怒ってないよ。ただ驚いたっていうか……。ぜんぜんそういう話、聞かなかったから」

「彼のこと？　だって言いふらすようなことじゃないし、わたしだってまさかプロポーズされるなんて思ってなかったし。母さんもびっくりしてた」

「敬之には？」

「ん？　まだ。今から言おうかなって思ってる。二宮くんに、先に伝えたくて」

朗らかに言い、はにかむように笑うみゆきに向け、辛《かろ》うじて恵も微笑んだけれど、その胸は痛みに軋《きし》んでいた。

◆

「あ——鈴木さん。お帰りなさい」

家の外壁によりかかるような姿勢のまま軽く手を上げて挨拶すると、帰宅してきた鈴木は驚いたように目を丸くした。

「きみ……どうしたんだ？」

声も訝しそうだ。だがそれも当然だろう。

夜遅く帰宅したとき、約束もしていない男が家の前で待ち伏せしていたら。

みゆきから衝撃の報告を受けてからのち、恵は自分がどんなふうに仕事をしたかまったく覚えていない。

誰からも何も言われなかったから、失敗はなかったのだろう。だが、何を言ったのかも何をしたのかも記憶がない。

そして気づけば、店を閉めたあと、缶ビール数本とともに鈴木の家にやってきていたのだった。

「遅いんですね」

鈴木の質問には答えず恵が言うと、鈴木はますます訝しんでいるような表情を見せる。

しかしそれは一瞬で、彼は玄関を開けると視線で恵を中に促してくれた。

「連絡をもらえれば、もっと早く帰ったんだが」

そしてそう言う鈴木に、恵は首を振った。

「ちょっと一緒にいたくて……なんだか一人でいたくなくて寄っただけだから…そんなに気にしないでください。っていうか、僕が勝手に来ただけだし……。ちょっと飲みたい感じで。

だから…その…少しだけでもつき合ってもらえませんか」

「……」

「め——迷惑だったらそう言ってください。帰りますから」

「ひょっとして、もう酔ってないか？　そんな様子なのに、帰せないだろう」

「……すみません」

優しい口調だが、責められた気がして肩を竦めてしまう。すでに缶ビールを一本飲んで酔い始めている恵は、足元がおぼつかない。呂律《ろれつ》もだ。すると、鈴木は「謝ることじゃない」と首を振り、そのまま、肩を貸してくれた。

「ただ、きみがこんなふうになるなんてと思っただけだ。ひょっとして、昨日のことで何かあったのか？　ああ——足元、気をつけろ」

「昨日のことは大丈夫です。あ…でも大丈夫じゃないのかな。プロポーズされたのは昨日だったって言ってたから」

「プロポーズ？」

「はい」

がくん、とうなだれるように頷くと、鈴木の腕に抱えられる。

恵がされるままになっていると、やがて、茶の間の畳にそっと座らされた。

「大丈夫か？　わたしが帰るまでにどのくらい飲んだんだ」

顔を覗《のぞ》き込まれ、訊かれる。恵は「少しだけです」と、人差し指を一本立ててみせた。

「缶ビールを一本？　本当か？　この酔いようは……」

「僕、お酒に弱くて」

「なのに飲んだのか」

責める口調ではなく、気遣ってくれるそれだ。恵は素直に頷いた。

普段は、落ち込むことがあっても酒なんか飲まない。だが今日は、そうせずにいられなかったのだ。

恵がふうっと息をつくと、鈴木が水を持ってきてくれる。

冷たいそれを一気に飲むと、生き返る気がした。

だが身体は潤っても、心の中はもやもやとしたものが留まっているままだ。

それを流し込みたくて、恵は持ってきた缶ビールを次々とビニール袋から取り出す。テーブルの上に並べていると、それを見つめていた鈴木が口を開いた。

「何があったんだ？　プロポーズというと、ひょっとして前に会った女性の件か」

尋ねてくる声音も柔らかだ。

恵は缶ビールを一本開けると、一口呷り、頷いた。

「今日、店に来たんです。それで……昨日プロポーズされた、って」

「……」

「指輪してて……凄く綺麗だったな。見たことないほど幸せそうでした」

「……そうだったのか」

鈴木は低く言うと、恵につき合ってくれるかのようにビールを開け、呷る。

上着を脱ぎ、ネクタイを緩めている彼は、同性から見ても目を奪われるほどの色香がある。

自分もこんなふうだったら彼女を誰かに取られたりしなかったのだろうかと考えると、恵は目の奥が熱くなるのを感じた。

みゆきを女性として意識していて、つき合いたいと切望していたかと尋ねられれば、そうだったこともあるけれどそうじゃなかったこともある、と口籠もるしかない自分だが、それ以上に、彼女はある意味自分の歴史でもあった。

この街の両親に引き取られ、この街で暮らすようになってからというもの、いつも敬之と彼女とは一緒にいたから、そんな家族のような女性が急に誰かに取られてしまうなんて考えてもいなかった。

なのに——。

恵はまた一口ビールを飲むと、大きく溜息《ためいき》をついた。

彼女は、見たことのない表情で笑っていた。幸せそうに、嬉しそうに。

まるで今まで恵が知っていた姿なんて、嘘だと言うように。

プロポーズを受けようが結婚しようが彼女は彼女で、何も変わらないのだろうと頭ではわかっている。けれど、この街で一つずつ積み上げてきた思い出の一つが失われたようで、それが悲しくて寂しくて堪らない。

(ああ……そっか)

恵は、自分に向けて頷いた。

相手の男性に対して嫉妬《しっと》するわけでもないのに、ショックと寂しさだけはいつまでもぐるぐると胸の中を巡り続け、そこを苦しくさせているのは、そのせいなのだろう。

思い出がなくなってしまう。

そんな気がして、悲しいせいだ。

しかし自分に向けて繰り返し頷きながら次の缶を開けようとしたとき。その手を鈴木に止められた。

「もうやめておけ」

「……平気です」

「平気じゃないだろう。弱いとわかってるなら、この辺りにしておくべきだ」

「大丈夫ですってば。いいじゃん、たまには」

「駄目だ」

「……けち。一緒に飲もうと思って持ってきたんだから、いいじゃん。それとも、鈴木さんって酔っぱらうと人が変わるとか?」

「見てみたいな。ね、鈴木さんって酔うとどうなるの？　教えてよ。あ――それより実際に飲んでみるのがいいよね。だから飲もうよー」

ふにゃふにゃと笑いながら、口調ももう友人相手のような気安さで、恵は鈴木に寄りかかる。

だが鈴木はやれやれというように肩を竦めると、諭すように首を振った。

「いいからやめておけ。店が終わってから来たなら何も食べてないんだろう。そんなときに飲みすぎるのは――」

「じゃあ、何か作ってくれる？」

「残念ながらわたしはまだ料理はできない」

「だったら、僕が作るよ。何かある？」

言いながら立ち上がりかけたところで、ふらっと身体が傾ぐ。

「危ない！」

途端、その身体をがっしりと支えられた。

広い、温かな胸。しなやかで逞《たくま》しい腕。

恵は熱い息をつくと、そのまま、鈴木の胸の中に身を預けた。

すぐ近くから「危ないだろう」と怒っているような声がしたけれど、その声すら心地好い。

「……」

恵はふわふわとした気分のまま、にっこりと微笑んだ。

火照り始めた頬に、シャツの感触と彼の香りが気持ちいい。

酔いに任せてだらりと寄りかかったまま、恵は再びふうっと息をついた。

なんでこんなに、彼には甘えているのだろう。歳が少し上だからだろうか。それとも、店によく来る人という距離感が心地好いのだろうか。

ただ黙って寄りかかっているだけなのに、こうしていると、ショックも寂しさも自然と癒《いや》されていくようだ。

「……鈴木さんって、不思議な人ですよね」

気づけば、恵はぽつりと零していた。

「なんか…摑《つか》み所がないっていうか」

「……」

「最初に店に来てるのを見たときは、ちょっと苦手だったんです。スーツが似合いすぎてて、なんか…ファッション誌に出てくるモデルさんとか俳優さんみたいで……。僕とは違いすぎてたから」

思い出しながら恵は言う。しかも初めて話したときは自分でも気にしている容姿のことを言われて、助けられたことよりも憤りの方が先に立ってしまった。

「でも…助けてもらってよく話すようになったら、案外いい人なのかなって思って。犬好きだし」

「小太郎くんは元気か」

「うん。また会いに来てよ。休みのシフト、そろそろ決めるんだ。鈴木さんの都合のいい日に休むようにするからさ、また一緒にごはん食べて、小太郎に会いに来てよ」

「そうだな」

頷く声は落ち着いていて、恵は自分が次第に落ち着いていくのを感じる。

「ん……」

だが、リラックスしたせいだろうか。そうしていると、不意にグンと眠気が来た。

さすがにこのまま眠るわけにはいかない、となんとか身体を離そうとしたが、温《ぬく》もりが心地好くて離れられない。

「鈴木さ…ん」

すみません、と言いたいのに声にならない。

目を覚まさなければと身を捩《よじ》ったが、身体が動かない。

なんだかふわふわして、瞼《まぶた》が重たくて、頭がはっきりしない。

と、次の瞬間、そんな恵の身体を抱え直してくれるかのように、鈴木の腕が背中を支えてくれる。

引き込まれるような眠気の中、ありがとう…と呟きかけたそのとき。

唇に、柔らかな何かが触れる。

温かくさらりとしたそれは、一瞬触れ、離れる。

それがなんなのか考えるより前に、恵は眠りに引き込まれていった。

◆
◆
◆

「いたた……っ……」

ずきずきぐらぐらする頭のまま、しかしそれでもなんとかシャワーを浴びてさっぱりすると、恵は洗面所の鏡を見つめ、はーっと大きな溜息をついた。

出勤までは、あと三十分。早く用意しなければとわかっていても、二日酔いのせいで、身体が重い。頭もまだ痛いし、気分は最悪だ。

そして浮かない理由は、それだけではなかった。

(鈴木さん…呆れたんじゃないかなあ……)

昨日の自分の態度を思い出すと、後悔ばかりだ。いくらみゆきのことがショックだったとはいえ、お客である鈴木のところに行ってくだを巻いて酔い潰《つぶ》れてしまうとは。

今まで何かあったときは敬之に連絡していた。なのに今回は、どうして鈴木のところへ行ってしまったのだろう？

でも彼のことしか思い浮かばなかった。彼に話を聞いて欲しかったし、とにかく彼の顔が見たかったのだ。

だが、だからといってあんなに無様な姿を晒《さら》してしまうとは。

「……………」

恵は、溜息をついて肩を落とす。

辛うじて、明け方に目を覚まして鈴木の家を出てきたが、そんなものはなんの慰めにもならない。

酷《ひど》い酔い方をして、彼の家で寝てしまったことは事実だ。いい歳をして他人の家で寝入ってしまうほど酔っぱらってしまった自分を、彼はどう思っただろう？

しかもそっと抜け出して帰るはずが、置き手紙をするのに書けるものを探しているうち、彼を起こしてしまった。彼は「ここから出勤すればいい」と言ってくれたけれど、とてもそんなことはできず、逃げるように帰ってきたのだ。

「今日、来るかなあ」

鈴木が店に来たら、どんな顔をして会えばいいのだろう。

だが迷惑をかけたのだから、会ったならちゃんと謝らなければならないだろう。

また一つ長い溜息をつき、タオルで髪をくしゃくしゃと拭いたとき。

「あ」

頬を掠めた柔らかなタオルの感触に、ふと恵は思い出した。

そう言えば昨夜《ゆうべ》、唇に何かが触れた気がした。

眠かったせいで記憶が曖昧《あいまい》だけれど、あれはなんだったのだろう？

温かで柔らかでさらりとしていて……触れたのはほんの一瞬だったのに、やけに気持ちがよかった。

まるで、口づけのような。

「！」

想像して、恵は慌てて頭を振った。

「ち——違うって！」

あのとき自分といたのは、鈴木だけだ。そして彼は自分と同じ男。口づけされたわけがない。

しかしそう思って昨夜を思い返すと、あの感触は唇のそれだったような気がしてきてしまう。

思い返せば思い返すほどその想像はよりリアルになり、恵は自分の頬が熱くなっていくのを感じる。

「そんなわけ、ないって」

思い違いにもほどがある——と思いたいけれど、まだ唇に微かに残っているあの感触を説明するのに一番相応《ふさわ》しいのは、確かに口づけの感触だ。

「……」

まさかとは思うけれど。

あれが本当に口づけの感触だったなら、もし本当に口づけられたなら——。

考えようとしても、頭痛のせいでまったく考えが纏《まと》まらない。そうしていると、母親がひょっこりと姿を見せた。

「恵、まだ時間は大丈夫なの？　昨日遅かったみたいだけど、今日はお休みじゃないんでしょ」

「あ——うん。行くよ。そろそろ行く準備しないとね」

心配している顔の母親にそう答えると、恵は酔いを覚ますようにぱん、と自分の両頬を叩《たた》いた。

昨日のことは気になるけれど、仕事に行かなければ。

しっかりしなければ。

酔いや混乱の残ったまま仕事をするわけにはいかない。今はひとまず昨日のことは忘れて、仕事だ。

もし鈴木が店に来たら……そのときはそのときだ。

恵は鏡を見つめて自分に言い聞かせると、出勤の準備をすべく洗面所を離れた。

◆

しかし、そんなふうに恵が身構えていたにもかかわらず、それから数日、鈴木は姿を見せなかった。

最初の何日かこそ、会わなかったことにほっとしていた恵だが、それが二日、三日と続き、一週間が過ぎた今日になると、今度は、自分の態度が余程まずかったのではないかと一層気になり始めてしまっていた。

なにしろ、記憶にあるだけでも随分絡んでしまった。覚えていないところで、もっと酷いことをしたかもしれない……。

（あー……）

店を閉めて自宅へ戻ったのち、真っ直ぐ《ま す》風呂場《ふろ》へ向かうと、いっぱいに張った湯に身体を沈め、恵は深くうなだれた。

疲れて帰ったところを待ち伏せされて、しかも酔っぱらいに絡まれて。鈴木はきっと嫌な思いをしただろう。彼に甘えて、迷惑をかけてしまった。

ひょっとしたら、あの夜のことでもう恵のことは嫌になって……だから来なくなってしまったのかもしれない。

「………」

恵は風呂の中で膝《ひざ》を抱えると、眉を寄せる。

しかし直後、「いやいや」と頭を振った。

「きっと、忙しいんだよ。……多分」

あと数日もすれば、また以前のように顔を見せてくれるだろう。

彼も働いているし、男同士だし、酔って失敗することもあるのはわかってくれているはずだ。

……多分。

恵は自分に言い聞かせるようにそう呟くと、ぐるぐる回る考えを振り切るように風呂から上がる。

しかし、いつものように茶の間へ戻ったとき。

漂う気配の不穏さに、恵は首を傾げた。

「……どうしたの?」

そこには父と母がいたのだが、いつもとはまるで雰囲気が違っていたのだ。

いつもなら、夜のニュースを見ながらのんびりと今日のことや週末の予定のことを話している二人なのに、今日は雰囲気が暗い。

「……何かあったの」

恵は二人を交互に見ながら、畳に腰を下ろした。

「ひょっとして、父さんの身体のこと?」

父は血圧が高く、心臓にも持病がある。一度倒れてからというもの、定期的な検査は欠かせないし、もう無理はしないようにと言われている。

まさか検査で何か……と緊張して答えを待つと、母親は「違うわよ」と苦笑した。

「そっちは大丈夫。最近は落ち着いてきてるしね。ね、父さん」

「ああ。そっちは心配ない」

「じゃあ、どうしたの」

父を見つめ、母を見つめて重ねて尋ねると、やがて、父親がふうっと息をついて口を開いた。

「どうしたってほどのことじゃない。ただ…店を売らないかという話がきていてな」

「え?」

「あの辺りの土地をまとめて買って、マンションを建てる予定があるらしい。それで、どうしようかと思ってたんだ。せっかくお前が継いでくれたが…このご時世だ。先はどうなるかわからないし、店がない方がお前も好きにできるんじゃないかと思ってな」

「そんなことないよ！」

思わず、恵は声を上げた。

「僕は店が好きだから戻ってきたんだ。ない方がいいなんて言わないでよ！」

恵は、身を乗り出して首を振る。だがテーブルの向こうの父は、難しい顔をしたままだ。

そして真っ直ぐに恵を見つめてくると、「本当か？」と尋ねてきた。

思いがけない質問に、恵は戸惑う。

そんな恵を見つめたまま、父は続けた。

「お前の言葉を疑うわけじゃないし、店が好きなのも本当だろう。お前は、昔から店に連れて行くと本当に楽しそうだったからな。だが、店を継いでくれたのはわたしたちに気を遣ってくれたせいじゃないのか。就職したとき、あんなに喜んでいたじゃないか。本当は仕事を続けたかったのに、わたしたちのことを気にして戻ってきてくれたんじゃないのか。お前は…そういうところがあるから」

「……」

返事もできない恵に、今度は母が口を開いた。

「嬉しいのよ？　恵が店を継いでくれたことは。わたしも父さんも凄く嬉しいし、感謝してる。でも…もし、万が一恵が何か気にして店を継いだのなら、そういうのはやめて欲しいの。

わたしたちはあなたといられただけで幸せだったんだから、店のことや家のことは気にしないで？　あなたの人生なんだから」

「……」

恵は、母を見つめ、そして改めて父を見つめると、つくづくこの両親のもとで育てられたことの嬉しさを噛《か》み締めていた。

この世に生を与えてくれた本当の両親にも感謝しているけれど、この両親も紛れもなく自分の両親だ。

恵は居ずまいを正すと、二人を見つめ返し、微笑んだ。

「気にしてくれて…ありがとう。でも、僕はあの店を続けたいんだ。好きだから、続けたい。どうしても店の土地を売らなきゃならないわけじゃないんなら、僕は店を続けたいと思う。僕じゃまだ一人前とはいえないけど、幸い今のところはなんとか黒字で回せてるしさ」

「……」

「僕、あの店が好きなんだ。なくなるのは嫌だよ」

「恵……」

「だから、もうしばらくやらせてください。といっても、名義は父さんのものだし、父さんや母さんが、もう店は閉めてあの土地は売って、なんの心配もない悠々自適の生活をしたい…って言うなら、それもありだけど」

二人の顔を交互に見つめ、微笑みながら言うと、やがて、父は「仕方ないな」というように破顔した。

「わかった……。そこまで言うなら、頑張って続けてくれ。お前があの店をそんなに好きになってくれていたなんてな……。嬉しいよ。だったらもう頑張って頑張って、店をもっともっと大きくしてくれよ？」

そして最後は戯《おど》けたように言う父に「任せてよ」と恵も大袈裟《おおげさ》な口調で答えると、母が小さく吹き出し、その場にはいつものような和やかさが戻る。

三人で微笑み合うと、恵は改めて父に言った。

「あ…それから、次にもしその、土地を売る話が来たときには、僕が窓口になっていいかな。どういう人が店の土地を買いたがってるの？」

「ん？　聞いた話じゃなんとか開発とかなんとか不動産とか……」

「それじゃわからないよ」

恵が笑いながら言うと、父は「すまんすまん」と苦笑する。

「あとで確認しておこう。それから、お前が窓口になってくれるならそれに越したことはない。土地の名義はともかく、店はお前が店長なんだし、もしこっちに連絡があったときはお前と話すように伝えとこう」

「うん。ありがとう」

恵は父の言葉に、深く頷いた。

土地の名義が父のものだから、父の方に話が行くのだろうが、そんな話で両親の気持ちを煩わせたくない。

あの店は、両親は自分が守らなければ。

恵が思いも新たにしていると、

「お茶、入れましょうか」

そんな恵と父に、母が柔らかく言う。

微笑んで台所に立つ母の背を見つめながら、恵はこの家の子供でよかったと改めて感じていた。

◆◆◆

翌日、恵は敬之に誘われ、店の近くの定食屋で一緒に昼食を摂《と》った。

今日は一人娘である日菜《ひな》ちゃんの参観日で、敬之は一日会社を休んだらしい。

学校のあとはピアノ教室に送って行き、また一時間ほど経ったら迎えに行くため、その間に遅い昼食を、というわけだ。

恵も、店の土地の件でちょうど話をしたいと思っていたので、いいタイミングだった。天麩羅《てんぷら》定食を食べながら、恵が昨日両親と話したことを伝えると、敬之は神妙な顔で頷いた。

「へえ…そんな話があるのか。買収ねえ。まあ、気がつけばマンションなんか結構建ってるもんな」

「そうなんだよ。だから、店を守るためにもいろいろと調べておいた方がいいと思ったんだけど……。何からすればいいのかわからなくてさ。話を持ちかけてきたのは春日井《かすがい》グループらしいんだけど、敬之は何か知らない？」

「俺の方はなあ……。商売やってるわけでもないし、実家は住宅街だから相変わらずのんびりだし、今のところそんな話も聞かないなあ。でも春日井グループっていったら結構でかいところだよな。リゾート開発とかもしてたんじゃなかったか？」

「うん、そう。ちょっと調べた感じだと、かなり詳細にリサーチしてから土地買収に手をつけるみたいで、南紀《なんき》にリゾートホテルを造ったときも、成田《なりた》の辺りにアウトレットモールを作ったときも、その土地にしばらく住んでいろいろ調べたらしいよ」

「じゃあ、この街にももうそこの社員が来てるかもしれない、ってことか」

「かもね。だから、何か噂でも聞いたら教えてよ」

「ああ。でもなんだかなあ、そんなにマンションばっかり造ってどうするんだよと思うけどね。需要あるんかね」

「あるんだろうね。最寄《もよ》り駅の鶯ヶ山駅は特急は止まらないけど、隣の花《はな》が丘《おか》駅には止まるし、あそこまで自転車なら充分通えるし」

「なるほど」

敬之は頷くと、茄子の天麩羅を一口食べる。今日は二人とも天麩羅定食だ。

彼は続いてごはんを一口口に運ぶと、ふと恵を見てにっこりと笑った。

「それにしても、そんなふうに店のこと心配するなんて、さすがだな。先週の収穫祭もかなり人が来たらしいじゃん。俺は仕事で行けなかったけど、おふくろが日菜と一緒に行ったときには、祭りの会場も店の方もえらい混みようだったって話してたよ」

「え、日菜ちゃんも来てくれたんだ」

恵が言うと、敬之は「ああ」と頷いた。

「お前には会えなかったみたいだけどな。まあ、また買い物に行くから、そのときは相手してやってくれ。あの日は、野菜の詰め放題で買ったとかで、芋ばっかり持って帰ってきたよ。あとは、輪投げでもらったって言って、何か小さなバッグみたいなの持って帰ってきたな。気に入って、ハンカチとか入れて学校に持っていってるみたいだよ」

「へえ……」

輪投げ、と聞いて、恵はどきりとする。

胸の中を、あの日の、そして最後に会ったときの鈴木の貌が過ぎる。

彼はどうして店に来ないのだろう。仕事が忙しいのだろうとは思うけれど、こんなに顔を見せなかったのは初めてだ。

（やっぱり何かやっちゃったのかな……）

食べる手を止めて恵が考え込んでしまっていると、

「おい、どうした？」

敬之が尋ねてくる。

「いらないなら、そのエビもらうぞ」

ひょいとエビの天麩羅を取られかけ、慌てて「食べるって！」と声を上げた。

まったく……と睨みながらエビの天麩羅を食べると、敬之は「冗談だよ」と笑う。

そして、残っていたごはんを食べ終え、茶を飲むと、一息つき、

「それにしてもみゆきにはびっくりしたよなあ」

と、しみじみとした口調で言った。

黙って食べ続ける恵に向け、彼は続ける。

「いきなり『プロポーズされた』とか言うからさ。俺なんか『嘘だろ』って言っちゃったよ。俺のところに来る前にお前のところに行って、先に話したって言ってたけど、お前も驚いた

だろ」

「ああ…うん。まあね。全然知らなかったから」

「だよなあ。水臭いよな」

従兄《いとこ》なのに、と敬之はぼやくように言うと、わざとのように眉を寄せる。

が、直後、

「ところで、お前はそういうのないのかよ」

と、身を乗り出してきた。

突然のことに面くらい、恵は目を瞬かせる。

「そういうのって、なんだよ」

尋ね返すと、敬之はにっと笑った。

「決まってるだろ。プロポーズとか彼女とかだよ。こっちに戻ってもう二年なんだし、そういう相手もできたんじゃないのか？　それとも、実は前からつき合ってる相手がいるとか」

「僕にそういう相手がいるかどうかは、敬之が一番よく知ってるだろ」

「そりゃまあ、お前が年がら年中店にいて、たまの空いた時間も俺とこうしてメシ食ってることは知ってるけどさ。似たようなもんだろうと思ってたみゆきにもプロポーズするような相手がいたんだから、お前にだって誰かいるんじゃないかと思うだろ？」

「……」

「こっそりつき合ってる相手がいるんじゃないのか？」

「いないよ」

「ホントか？　じゃあ、好きな相手とか、いいなって思う相手は？」

「いない」

「全然かよ」

「そうだよ。今は店のことが一番だし」

「それはわかるけど、一人ぐらいいるだろ？　店に、結構可愛いバイトの子がいたじゃん。あの子は――」

「アルバイトさんとつき合うわけないだろ！」

質問され続けた挙げ句の一言に、恵は思わず声を荒らげる。

だが、敬之は面白がっているのか、話すのをやめない。

「じゃあお客さんとか――。とにかく、いるだろ？　一人ぐらいはさ。こう…気がつくと顔が見たい人とか、休みの日にふっと会いたくなる人とかさ」

「い」

いないよ、とそれまでと同じように答えかけたとき。

脳裏を一人の男の貌が過ぎり、恵は一瞬声に詰まる。

その途端、

「いるのか！」

敬之がぐっと身を乗り出してきた。

「なんだよ、やっぱりいたんじゃないかよ。どんな人なんだ？　客か？　それとも業者さん――」

「いないって！」

「でも今一瞬黙っただろ。誰かいるんだろ？」

「いない！」

恵は、自分にも言い聞かせるように「いない」と繰り返した。

耳が熱い。

すっかり混乱している。

気がつくと顔が見たい相手――。

休みの日にふっと会いたくなる人――。

どうしてあそこで鈴木のことを思い出してしまったのか。

相手は男。自分も男。男同士だ。

友人としてならともかく、恋人の話をしていたときに思い出す人じゃないはずなのに。

なのに、彼のことを考えてしまった。

恵はうーんと眉を寄せた。

しばらく彼に会っていないからだろうか。

それとも、あの夜のことが——唇に触れた感触が、まだ胸の中に引っかかっているからだろうか。

(鈴木さんは……また店に来るのかな)

思わず胸の中で呟いたとき。

「まあ、とにかくそういう相手ができたら早めに教えてくれよ」

恵が黙ってしまったせいで言う気がないと感じたのか、敬之は諦《あきら》めたような口調で言う。

「蚊帳《かや》の外じゃ寂しいからな」

敬之はそう続けたが、恵は何も答えられなかった。

◆

「好きな人……か……」

昼食を終えて敬之と別れ、店に戻ってからも、恵の頭の中では同じ言葉がぐるぐる回り続けていた。

好きな人。

好きな人——。

あのとき、どうして鈴木の顔が浮かんでしまったのだろう。

繰り返し考えてもわからず、恵は、冷凍食品の補充を終えると、明日の特売用の棚を作りながら顔を顰めた。

「まあ……そりゃ、好きか嫌いかで言えば好きだけどさ」

ぽつりと、自分に説明するように呟く。

想像していたよりもずっと気さくだったことも、犬が好きだったことも意外だったけれど嬉しかった。

一緒にいると不思議と気持ちがほぐれて、両親のことまで話してしまったほどだ。しかも彼は恵が困っていると見るや、祭りの手伝いを申し出てくれて……。

優しい人だと思う。

だが、恋愛の対象ではない…はずだ。

(でも)

本当に？

そう思った途端、唇に、口づけの感触が蘇ってくる。

その感覚に、恵が背を震わせたとき。

「ちょっと！　──ちょっと⁉」

「は、はい⁉」

間近から大きな声をかけられ、慌てて顔を向ける。するとそこには、一人のお客が苛立《いらだ》った様子で立っていた。

「さっきから呼んでるのに聞こえないの!? 今日のチラシに載ってたマルヨシのダシの素はどこにあるのよ。もうなくなっちゃったの?」

「あ――いえ。あるはずですよ。こっちです」

恵は特売品を積んである場所へ案内すると、「これですよね」と、差し出す。

「ああ、それそれ」

「ありがとうございます」

そして受け取るなりカゴに入れるお客に頭を下げ、さっきまで作業していたところへ戻ろうとしたとき。

鈴木が店へ入ってくるのが見えた。

「あ……」

思わず足を止めて見つめてしまう。まだ夕方なのに、こんな時間に来るなんて。

向こうも気づいたのだろう。こちらへ近づいてきた。

「こんにちは」

「こんにちは」

いつものように微笑む鈴木に、恵はほっとする。

やはり、ただ仕事が忙しくて来られなかっただけなのだろう。だが、そう思った直後に気づく。

余程忙しいのか、なんだか彼はいつもより疲れている様子だ。

「あの…ええと……お久しぶり、です。お仕事大変だったんですか？」

「ん？　ああ——そうだな。ちょっと忙しくてなかなか帰れなかった」

「そうだったんですか。その…お疲れさまです」

恵の言葉に苦笑する鈴木のその表情からは、やはり疲れが感じられる。

いつもあまりそうしたことを表に出さない彼にしては珍しいことだ。恵は、ますます心配になる。

「あの、鈴木さん」

思わず声を上げていた。

「僕、いつでもごはん作りに行きますから、何か食べたいものがあれば遠慮なく言ってください。休みの日じゃなくても、店が終わってから行きますから。その…この間、愚痴を聞いてもらったお礼というか……お詫びもしたいですし……」

最後は小さくなってしまう声で言うと、鈴木はふっと微笑んだ。

「あの日のことは気にするな。きみが彼女のことを気にしていたのはわたしも知っているし、好きな相手がプロポーズされた話を聞いたなら、酔ってくだを巻きたくなるのも——」

「ちょっ、ちょっと待ってください！」

好きな相手、という言葉に、恵は反応した。

大きく首を振ると、周りを確認して少し声を落として続ける。

「ぼ――僕はみゆきのことをそんなふうに思ってません」

「？　だが――」

「た、確かに可愛いなと思ったことは何回もあります。でもこの間寂しくて堪らなかったのは、昔から親しかった人がいなくなっちゃうような気がしたからなんです」

「……」

「この街で過ごしてきた思い出がなくなっちゃうっていうか、変わっちゃうっていうか……。そういうのを目の当たりにさせられたような気がして……。風景は変わっても周りの人は変わらない――なんて勝手に思ってたから、寂しくなっちゃって」

恵の言葉を、鈴木は黙ったまま聞いている。

どうしてこんなに自分の気持ちを説明してしまうのか、恵は自分でも不思議だったが、とにかく鈴木に自分がみゆきを好きだったと誤解されたくなかった。

すると、鈴木はややあって「そうだったのか」と小さく頷く。

わかってくれただろうかと窺うと、鈴木は「わかった」というように笑む。

誤解が解けたことにほっとすると、恵は「そう言えば」と言葉を継いだ。

「変わると言えば、前にも少し話しましたけど、この店の土地を買いたいっていう会社がやっぱりあるみたいなんです。僕は知らなかったんですけど、土地を持っているのが両親なので、いつの間にかそっちに話がいっていたみたいで……」

「……」

「でも僕、売りません。幸い店はなんとかやれていますし、常連さんもいますし、やれるところまで頑張っていこうと思ってるんです。両親にもそう言いました。二人の店を――二人が大切にしていて、僕も大切なこの店を誰かに渡したくないんです。ここを変えたくないんです」

「……そうだな」

「はい」

「きみならそう言うだろう、きっと」

鈴木は再び頷くが、その笑みはどうしてか先刻よりも淡く、翳《かげ》りが感じられる。

「鈴木さんは…売った方がいいと、思いますか？」

自分の考えは甘いのだろうかと不安になって、恵は尋ねる。

見つめると、鈴木はゆっくりと首を振った。

「いや……。きみの思うようにするのが一番いい。店が街のみんなに好かれていることは、わたしもこの一ヶ月ほどでよくわかったし……きみが一生懸命なことも知っている。ご両親と自分自信のために頑張っていることも。だったら、きみが思うようにやるのが一番いいだろう」

「……」

低く、ゆっくりとした声音で紡がれた言葉からは、不思議なほどの重たさが感じられ、その重たさは見えない力になって恵の身体の中に染み込んでいく。

「──はい」

恵は、深く頷いた。

相手は大きな会社のようだから今後何が起こるか不安だが、それでも店を守りたい気持ちが一層強くなる。

(鈴木さんに会えてよかった)

──来てくれてよかった。

恵は胸の中で呟いた。

それに、彼は自分と普通に話してくれている。ということは、「あの夜何か酷いことをしてしまったのかも」という自分の心配も杞憂《きゆう》だったのだろう。

唇に何かが触れたのも、口づけなんかじゃなくて服か何かが掠めたのか、自分の勘違いだったに違いない。

(そうだよ)

恵は頷くと、ほっと息をつく。

しかし改めて鈴木を見れば、安堵した恵に対し、来たときよりも一層顔色が悪い気がする。

「鈴木さん？　大丈夫ですか？」

ひょっとして、よほど具合が悪かったのだろうか。我慢させてしまったのだろうか？

鈴木は「大丈夫だ」と首を振るが、その場を離れようとした瞬間、彼は倒れるようにがくりと膝をついた。

「鈴木さん！」

慌てて恵も傍らに膝をつくと、彼の顔を覗き込む。

「大丈夫ですか⁉」

「大丈夫だ。すまない、こんなところで」

「気にしないでください。あの、奥で少し休みませんか。事務所なら横になれますから」

「いや——そんなわけには」

「でも」

「平気だ」

鈴木は首を振って立とうとするが、再びよろけてしまう。

「こっち、来てください」

恵はさっと肩を貸すと、少し強めに言った。

疲れているような横顔を見つめていると、ますます心配になる。

余程仕事が大変なのだろうか。

恵は、鈴木の答を待たず、彼に肩を貸したまま事務所へ向かうと、通りがかったアルバイトの久保田《くぼた》さんに、彼が具合を悪くしていることと奥で休ませることを伝える。

そして、鈴木を事務所まで連れてくると、上着を脱がせてやり、普段はみんなが昼食を摂ったりしている畳敷きのところにゆっくりと横たわらせた。

「大丈夫ですか？」

「ああ、本当にすまない。迷惑をかけて……」

「何言ってるんですか。困ったときはお互い様です」

恵が言うと、鈴木は弱く微笑む。苦しいのか、横になったままふーっと長い息をつくと、いつもきっちりとしているネクタイを無造作に緩める。

その仕草は、当たり前の仕草なのに、どうしてか艶《なま》めかしく、見ていると落ち着かない気分になってしまう。

恵は気まずさに目を逸《そ》らした。

どうして同性相手に、しかも具合の悪い相手にドキドキしたりしているのか。

「あ――あの、何か飲み物持ってきますね」

恵は慌てたまま早口に言うと、外へ出て社員用の冷蔵庫へ向かう。が、その前に、一度店へ出ると、近くにいたアルバイトの西川さんに声をかけた。

「ごめん、ちょっとだけ奥にいるから。何かあったら呼んで」

「どうしたんですか？」

「さっき久保田さんには話したんだけど、前にお祭りを手伝ってくれた鈴木さんが、ちょっと具合悪いみたいで。休んでもらってるんだ」

「ああ、あの…店長のお友達の」

「う、うん」

「いいですよ。わかりました」

「ごめん」

「大丈夫ですよ。みんなにも言っておきますね」

「うん、ありがとう」

そして恵は改めて飲み物を取ってくると、鈴木がいる事務所へ戻る。

「鈴木さ……あ……」

が、声をかけようとして、その声を呑《の》み込んだ。

どうやら、眠っているようだ。

テーブルの上に飲み物を置き、畳の上に置かれている上着をハンガーにかけると、恵はそろそろと鈴木の様子を窺った。

額に幾筋も前髪が落ちかかっているその貌は、やはり疲れの色が濃い。

(仕事、大変なのかな)

胸の中で呟いたときだった。

ハンガーにかけようと思っていた鈴木の上着から、微かな音が聞こえた。携帯電話が震える音だ。

起こそうかと思ったものの、疲れて眠っているんだし……と、やめておく。しかし電話はそれからも何度もかかってくる。

迷った挙げ句、恵はそっとそれを取ると、事務所を出て電話に出た。

「はい」

『山崎《やまざき》です。急に申し訳ありません。実は会長から至急——』

「も、もしもし？　すみません、あの、僕——」

『もしもし？　どちら様ですか。この携帯は……』

「あ——はい。鈴木さんの携帯です。あの、今彼は眠ってるので……」

『……鈴木？　眠ってる？』

「はい。疲れてるみたいで……。あの、お仕事のことですか？　だったら少しあとに……」

すると、恵の声を遮るように『ちょっと待ってください』という声がしたのち、数人が話し合っているような気配が届く。

直後、『そこはどこですか』とどこか高圧的に尋ねられた。

その口調に戸惑いを覚えたものの答えないわけにもいかず、恵が説明すると、『わかりました』と電話は切れる。

「……なんか、変なの」

首を傾げながら事務所へ戻ると、恵は携帯をテーブルに置き、改めてそっと鈴木を見つめた。

疲労の影が落ちていても、相変わらずの整った貌だ。でもこの貌は、ときにはにかむように笑う。それを見るのがとても好きだ。

――好き。

その言葉が胸の中に浮かんだ途端、そこは甘酸っぱく疼《うず》く。

その事実に、恵が戸惑ったときだった。

「ん……」

微かな声とともに、鈴木が身じろぐ。

そして薄く開いた双眸《そうぼう》と視線が絡んだと同時に、腕をぎゅっと強く掴まれた。

「！」

刹那《せつな》、恵の心臓が大きく跳ねる。

起きているのかまだ眠っているのか、鈴木はまるで縋ってくるような力の強さで、恵の腕を摑む。

指の強さと、熱。

どうしてか息苦しくなるような感覚を覚え、恵が身じろぎもできずにいると、そのとき、不意にドアをノックする音が聞こえた。

恵は慌てて鈴木の手を離すと、事務所のドアを開けた。

「どうしたの？」

すると、そこにはさっき声をかけたアルバイトの西川さんが困ったような顔で立っていた。

彼女が「実は」と言いかけたとき。

「ここですか」

その背後から声がしたかと思うと、スーツ姿の二人の男が、彼女を押しのけて事務所に入ろうとする。

「ちょっ、ちょっと待ってください！　なんなんですか！」

恵は、慌ててドアの前に立ち塞《ふさ》がった。

「ここは部外者の立ち入りは禁止です！　ご用なら店で承ります！」

強く言い返したが、男たちは引こうとしない。

「でもここにいるんでしょう」

「え？」

「さっき電話した者です。社長はここにいらっしゃるんでしょう?」

「え…社——うわっ!」

そして男たちは、「社長」という言葉に一瞬戸惑ってしまった恵を無理矢理押しのけるようにして事務所に入ってしまうと、

「社長!」

「社長、大丈夫ですか」

唖然《あぜん》としている恵をよそに、すでに目を覚まし、半身を起こしていた鈴木に駆け寄り、声をかける。

「一向にご連絡が取れず、何かあったのではと心配いたしておりました。実は、会長がまた社長をお呼びで……」

「……会長が?」

「はい。今日はもう社を出られたことをお伝えしたのですが、『話がある』と」

「……」

「どうしてもと仰《おつしや》って…その……」

「わかった」

目の前で繰り広げられる光景に、恵は完全に混乱していた。

確かに落ち着いているし仕事のできそうな人だなと思ったけれど、まさか鈴木が社長だっ

たとは。しかもこんな…ちょっと連絡が取れなくなっただけで、慌てて人がやってくるほどの人だったとは。

だが彼は、恵が仕事を尋ねたとき、そんなことは一言も言わなかった。

どうして話してくれなかったのだろう。

言い辛《づら》かった?

どうして。

ぐるぐる考えたまま声も出せない恵をよそに、スーツの男たちは「帰りましょう」と鈴木を促す。まるで恵など目に入っていないかのような態度だ。

だが恵もまた、彼らのことなどさして気にならなかった。

気になったのは、鈴木のことだけだ。気づけば恵を見つめ、辛そうな硬い表情を見せている彼のことだけ。

すると、

「少し外してくれ」

二人の男たちに向け、鈴木が言った。訝しそうな顔を見せる彼らに、鈴木は続ける。

「彼と話がある。お前たちは外してくれ」

「ですが……」

「先に出ていろ。すぐに行く」

その声は、静かだが威厳があり、いつもの彼のものとはまったく違っている。

普段の鈴木の声も落ち着きと深みがあり、いい声なのだが、今はそれに加えて、より堂々とした響きが感じられる。

別人のようなその声を聞く恵の前で、男たちは「畏《かしこ》まりました」と頭を下げ、事務所を出て行く。

二人きりになると、事務所の空気はやけに寒々しく感じられた。

何かを言えばいいのかわからず恵が言葉を探していると、

「驚かせてすまなかった」

静かな、鈴木の声がした。

「迷惑をかけてすまなかった。大丈夫なつもりだったんだが」

「いえ……」

迷惑なんかかかっていない。

恵は首を振る。

それよりも知りたいことがある――。

そんな気持ちでじっと鈴木を見つめると、彼は小さく頷き、「それから……」と切り出す。

だが、あとが続かない。

ややあって、彼は苦しそうな切なそうな顔を見せながら、意を決したように続けた。

「それから——きみに話しておかなければならないことがある」

その声は、今まで聞いたことがないほど張りつめたものだ。

胸騒ぎを覚えつつも、恵が息を詰めて続きを待っていると、鈴木は伏せ目がちに続ける。

「……わたしは……本当は鈴木じゃない。わたしの本当の名前は、春日井という。春日井征《せい》一《いち》。それがわたしの本当の名前だ」

「春日……井……」

繰り返しながら、恵は背中が冷たくなるのを感じていた。

スーツ姿の男が二人やってきたときから、彼を「社長」と呼んだときから、何か変だと感じていた。気配で、雰囲気で、肌で違和感を覚えていた。

単に彼が「言わなかった」だけなのではなく、何か理由があるのでは、と。

だがまさか、これがその理由だとは思っていなかった。

恵は、鈴木を——否、春日井を見つめたまま、そろそろと声を押し出す。

「春日井って…この辺りの土地を買いたいって言ってきてる会社の名前と同じです。この店の土地を買いたいって、言ってる……。じゃあ、あなたはその会社の人なんですか」

「……」

目を逸らしたまま答えない春日井を見つめる恵の脳裏に、件《くだん》の会社について敬之に説明したときのことが蘇る。

『かなり詳細にリサーチしてから土地買収に手をつけるみたいで、南紀にリゾートホテルを造ったときも、成田の辺りにアウトレットモールを造ったときも、その土地にしばらく住んでいろいろ調べたらしいよ』

嘘であってほしいと願いながら、恵は春日井の答えを待つ。すると彼は「ああ」と短く答えて頷いた。

「そうだ。わたしは春日井グループの社長だ。この近くに住み始めたのも、この辺りの街の様子を自分の目で確かめるためだ。本当のことを言えば今はそれだけじゃないが……当初の予定では仕事のためだったことは間違いない」

「じゃあ…つまり土地を買う下調べのために、ここに……」

否定してほしいのに、恵のその言葉にも春日井は頷く。

恵は、後ろから頭を殴られたようなショックを受けていた。

まさか。

まさか彼が「そう」だったなんて。

彼と出会ってから今までのことが思い出すと、騙《だま》されていた悔しさのような悲しさのようなもので身体が震える。胸の中が重たく暗くなっていく。

それでもまだ、頭のどこかで「間違いであってほしい」と思っているからなのだろうか。

恵は目の前の男から訂正の言葉が出ることを期待して見つめ続ける。だが、その唇は開かない。

沈黙は肯定だ。

彼はこの店の土地を欲しがっている春日井グループの人間だったのだ。

そのためにこの街に住んで、店にやってきた。恵に近づいてきたのだ。

「……帰ってください」

恵は、やり場のない思いを抑えるようにぎゅっと拳を握り締めると、低く、唸《うな》るように言った。

それ以外に言葉がない。

あんなに鈴木に会いたいと思っていたのに、今は彼の顔も見たくなかった。

名前は嘘、仕事のことは隠して店や店の周りのことを調べていた彼。ならば、どれが本当のことだったのだろう。

恵を庇《かば》ってくれたのも、本当に偶然だったのだろうか。お礼に作った料理を美味しいと言ってくれたのは？　犬が飼いたいと言っていたのは？　励ましてくれたのは？　手伝いを申し出てくれたのは？

それとも、本当のことなんか何一つなくて、どれもこれもこの店の土地を手に入れるための偽りの言動だったのだろうか。

「……帰ってください」

　恵は繰り返した。

　一つ一つを考え始めると、苦しくて頭がぐらぐらする。

「出て行ってください！」

　恵は春日井の腕を取ると、ドアの方へ引っ張る。

「二宮さ――」

「馴れ馴れしく呼ばないでください！」

　何か言おうとしかけた春日井の声を声で打ち消すと、全身の力で彼を事務所から押し出し、ドアを閉める。

「どこかへ行ってください」

　ドア越しに伝わる気配に向けて、恵は言った。

「この店を売るつもりもありませんから。もう来ないでください」

　込み上げてくるいくつもの感情に震えそうになる声を必死で堪えてそう言うと、やがて、ドアの向こうから春日井の気配が薄らいでいく。

　恵は目の奥が熱くなるのを感じながらぎゅっと唇を嚙み締めると、やがて、長い長い溜息をついた。

◆
◆
◆

「店長、また来てますよ鈴木さん……じゃなくて、春日井さん」

「……」

事実を知ってから、一週間。恵は努めてそれまでと同じように仕事をしようとしていた。鈴木のことを思い出して悲しくなることも怒りを覚えることも何度もあったけれど、それを表に出すことが悔しかったせいだ。

ずっと騙されていたのだと思うと、悔しくて堪らない。そしてそれ以上に悲しい。彼と交わした言葉が、彼が見せた笑顔が全部嘘だったのかと思うと、悲しくてやるせなくて、胸が苦しくなって堪らない。

けれどそんなふうに動揺すればするほど、いつの間にかそんなにも彼に心を開いていたのだと気づかされる。それが癪《しゃく》で、恵は敢《あ》えて「何もないふう」を装って日々を過ごしていた。

ただ、店のアルバイトさんやパートさんたちには彼の正体を伝えた。

それは、もしまた春日井が店にやってきたときのためだったのだが、皆、恵が彼と親しくしていたことを知っていたためか、誰もが恵に同情してくれた上、春日井に対しては強く敵《てき》愾心《がいしん》を抱いたようだった。

その憤りようといえば「店の土地を奪おうとして名前まで嘘をついて近づくなんて」と、かなりのもので、恵はときに彼女たちを抑えるのに苦労するほどだった。

そして今日も、

「どうしますか？　追い払います？」

事務所で年明けからの予定を立てていた恵のところにやってきた斉藤さんは、きつい表情と強い口調で言う。

外から、春日井が様子を窺っていると言うのだ。

恵は、今にも彼に文句を言いに行きそうな斉藤さんに身体ごと向くと、「そんなことしなくていいよ」と、できるだけ彼女を刺激しないように言った。

「気持ちは嬉しいけど、もう関《かか》わらないようにするのが一番だから」

「でも…毎日来てますよ？　まだこの店のこと諦めてないってことじゃないですか。名前まで嘘ついて近づくような奴なんですから、何をしてくるかわかりませんよ」

「そんな…大袈裟《おおげさ》な」

「大袈裟じゃありませんよ！　わたし、あれからネットで調べたんですけど春日井グループってかなり強引なこともしてるみたいですよ？　リゾートホテルの開発のときも、周囲の住民の人たちと相当揉めたみたいだし……。儲《もう》かるかどうかの下調べはじっくりやるけど、辺りの人たちの気持ちはまったく考えないみたいですね。だいたい、おかしいと思ったんですよね。料理なんかしそうにないのに毎日店に来たり…あのお祭りの日に手伝うって言い出したときも。だって不自然じゃないですか。バイト代が出るわけでもないのに、店番みたいな大変なこと、あんな忙しそうな人がわざわざやりたがるなんて。あれだって、今にして思えばリサーチの一環だったんでしょうね。お祭りに来る人たちがどんな人たちなのか調べて――」

「うん――まあ、でもさ」

喋るほどに早口になり口調が激しくなる斉藤さんの声を聞いていたくなくて、恵は強引に声を挟む。

そして黙った彼女に向け、苦笑を作って続けた。

「気になるのもわかるけど、だからって強引に土地を買っていくことはできないんだからさ。大丈夫だよ。僕たちはいつも通りにお客さんのために仕事をしてればいい」

「…………」

すると、斉藤さんはまだ不満そうな気配を残しながらも「はい……」と頷いて事務所を出て行く。

恵は机の上のパソコンに向き直ったものの、すぐに手を止め、大きく息をついた。

春日井に対して怒っているはずなのに、それは本当なのに、彼が自分以外の誰かに酷い言われ方をすると、つい庇ってしまう。悪口を聞きたくないのだ。彼を責める言葉を聞きたくない。

「なんだかなあ……」

恵は、また一つ溜息をつく。

こんなことになったのに、まだ彼を庇ってしまうなんて、自分は馬鹿じゃないだろうか。お人好しも過ぎるというものだ。だからつけ込まれたのだろう。

春日井は、笑っていたかもしれない。やすやすと彼を信じた自分を。疑いもしなかった自分を。

「……」

しかし、そこまで考えて恵は小さく頭を振った。

笑っていたかもしれない。

でも笑わなかったかもしれない。

恵には、どうしても彼が自分を笑っている姿が思い浮かばないのだ。

彼が人を嘲笑《あざわら》う様子なんて、想像できない。

思い出すのは、照れているような笑顔やはにかんでいるような笑顔。そして、祭りの日に見せていた少年のような笑顔だ。

あの姿が彼の本当の姿だと思うのは、人がよすぎるだろうか。

騙されたまま目が覚めていないのだろうか……。

恵は、今日も店の外に来ているという春日井の姿を思った。

彼は昨日も、その前の日も前の日も店の前までやってきていた。だが入ってこない。

入ってこないまま、彼はあれからも毎日やってきている。

一度、恵自身が「どこかへ行ってくれ」と言いに行ったことがあるが、彼はただ「話を聞いてほしい」と言っただけだった。

あのときは無視したけれど、今は話を聞いてみたい気持ちも芽生えているのが本音だ。

彼の言動のすべてが仕事のためだったとは思えないから。

恵は、机の上のパソコンを操作すると、春日井グループのホームページを見る。

見やすくまとめられたサイトの会社概要の頁《ページ》に、彼の名前があった。

社長・春日井征一——。

春日井グループが店の土地を買いたがっている、と父に話を聞いてからというもの、どんな会社なのか知りたくて何度か見た頁だが、あのころはまさかここに出ている社長の名前が鈴木の本当の名前だとは思わなかった。

別のウインドウでその名前を検索すると、過去のニュース記事がいくつも現れる。

もう何度も見た記事だ。若くして会社を継いだ彼は、創業者である先代にも劣らない敏腕社長のようだ。

　恵は溜息をつくと、そっとその画面を閉じた。

◆

「じゃ、行ってくる。鍵《かぎ》持ってるから、先に寝てていいからね」

店を終え、自宅へ戻り食事を済ませると、恵は小太郎の散歩に出た。

もう、そろそろ風が冷たいが、今の自分には大切な気分転換と憩いの時間だ。

上着を一枚着て庭に回ると、待ち侘《わ》びるように尻尾《しっぽ》を振っている小太郎に思わず頬が緩む。

リードをつけ、

「よし――行こっか」

ポケットの中のおやつ用のガムを確認して、門を開けたとき。

そこに背の高い男の影を見つけ、恵ははっと息を呑んだ。

「す……春日井さん……」

いつからいたのだろう？

仕事帰りと思《おぼ》しき春日井が、スーツ姿でそこに佇《たたず》んでいたのだ。

覚えているのか、小太郎が春日井のもとに行きたがるのをリードを引っ張って止めると、恵は踵《きびす》を返す。どんな顔をすればいいのかわからない。

するとその背中に、声が聞こえた。

「話がある。話したいことがある。少しだけでも時間をくれないか」

「……」

「頼む」

悲痛にも感じられるほど真摯《しんし》なその声は、恵の胸を震わせる。

恵は背中を向けたまま、こくんと頷いた。

◆

「どうぞ」

春日井から差し出される缶コーヒー。

しかし恵はそれを受け取らず、黙ってベンチに腰を下ろした。

いつかも二人でやってきた公園のベンチ。あのときと同じように並んで座ると、恵の胸を切なさが包む。

自分がいて彼がいて。小太郎がいて。あのときと同じなのに、どうしてこんなに違うんだろう。

与えられたおやつのガムを美味しそうに——そして楽しそうに食べている小太郎を見つめていると、目の奥が熱くなる。

それを誤魔化すように、恵は二人の間に置かれていた缶コーヒーを取ると、開け、呷る。

隣の春日井は、両手で缶コーヒーを持ったままだ。何か考えているような硬い横顔を見せたまま、じっと外灯と闇《やみ》の狭間《はざま》を見つめている。

沈黙に堪えられず、話ってなんですか——と、恵が尋ねかけたときだった。

「何から話すべきなんだろうな」

小さく、呟くように春日井が言った。

夜だからだろうか。彼は少し痩《や》せたように見える。

目が合うと、春日井はふっと苦笑した。

「まず、謝らせてくれ。嘘をついていてすまなかった。それから、こうして話をする機会をくれてお礼を言う。ありがとう」

「い、家の前で待ち伏せられたら会わないわけにいかないし……」

「それでも話を聞く必要はなかっただろう。きみを騙していたような…わたしの話を」

淡々と話す春日井からは、彼があの日覗かせた威厳のようなものは消えていた。

スーツ姿の男たちと話をしていたときには、あんなに堂々としていたのに。今は昔の彼に戻ったように——鈴木に戻ったように、いや、それよりもなお弱っているように感じられる。

恵は言葉を選びながら言った。

「確かに騙されたけど…それについては怒ってるけど、でも…す…春日井さんが悪い人には思えないから……」

「……」

「名前まで嘘ついて騙すような人だけど、でも……」

だからといって、「悪人」にはどうしても思えなかった。

だからアルバイトさんたちが悪し様に言うことに堪えられなかった。

すると、春日井は驚いたような戸惑うような顔を見せ、やがて目を細めて微笑む。

息をつくと、彼は、聞きやすいいつもの彼の声で話し始めた。

「言い訳に聞こえるかもしれないことを承知で話すが、店の土地を無理に買う気はまったくない。前の社長はときにそういうやり方をすることもあったようだが、わたしは好きじゃない。そんなことをしても地元の反感を買うだけだ。確かにあの辺り一帯の土地を買う計画は昔からあり、わたしがその陣頭指揮を執っている。が…実際に行動に移すかどうかはもう少し調べてからの予定だった」

「……」

「正体を隠して、名前も偽ってきみに近づいたことも、最初は確かにきみのことやあの店のことやその周囲のこと、街のことを調査するためだった。部下に任せるよりも自分でやった方が肌で手応えが感じられる——そう思ってのことだった。だが……」

しかしそこで、彼はふと言い淀《よど》む。

恵が見つめる先で、彼は小さく息をついて続けた。

「だが、偶然きみと親しくなってからというもの、その思いは少しずつ変わっていった。きみに『鈴木さん』と呼ばれるたび、それは適当につけた偽名だと頭ではわかっていても、自分が本当に鈴木ならどれほどいいだろうと思うようになった。春日井征一ではなく、仕事のためにあの街にいるのではなく、ただ一人のどこにでもいる男としていられたらどんなにいいだろう——と。仕事帰りにスーパーに寄って、店の人と他愛もない話をして、ときおり友人と食事をして、犬と一緒に遊んで……。そんな全部のことが楽しくて堪らなかった。それが本当のことならいいのにと思うようになっていた。本当のことにしたかった。だから……きみに嘘をついているとわかっていても、言い出せなかった」

声は、相変わらず淡々としている。けれどその奥からは、彼の葛藤《かっとう》や苦しさが伝わってくる。

他人が聞けば「そんなことを言っても騙していたじゃないか」と言うかもしれない。「ただの言い訳だ」と言うかもしれない。

だが恵は、春日井の苦しさがわかる気がした。

何度も話して、すぐ側で彼の笑顔を見ていたから。

「僕も、楽しかったです」

恵は、春日井と過ごした時間を思い出しながら言った。

馬鹿だと思われてもいい。お人好しの馬鹿だと思われてもいい。それでも確かに、あの時間は楽しかったのだ。自分にとっても。

「春日井さんといろいろ話して、作ったごはんを『美味しい』って食べてもらえて、一緒に小太郎の散歩して、いろいろ話を聞いてもらって……楽しかったです。店番をかって出てくれたことも嬉しかったな。飲んで…酔ってあんなにくだ巻いたのに優しくしてくれて……。嬉しかったです」

言葉にすると、彼との時間は自分にとってとても大切なものだったのだと、より一層実感する。

しかし、それでも伝えておかなければならない気持ちもあった。

「――でも、嘘をつかれていたことについては、今はまだ許せません。悔しいし…悲しいと思ってます」

「……ああ」

「それから、店の土地は売りません。春日井さんが調べて、やっぱりあの店の土地が欲しいと思っても、僕は売りません」

「……」

「大切な場所だから……。売れません」

両親との思い出の場所だ。大切な場所だ。そしてあの店を継いで残すことは、自分が唯一恩返しできること――。

春日井の目を正面から見つめると、恵ははっきりと言う。

見つめ返してくる春日井は何も言わない。何も言わず、ただじっと恵を見つめ返してくると、やがて、小さく頷く。

「話をしてくれて、ありがとう」

そして静かに独りで立ち去っていった春日井は、翌日から、まったく姿を見せなくなった。

◆
◆
◆

久しぶりに訪れた東京の中心部は、相変わらず立ち止まることさえ難しいほどの人の多さだ。

しかもしばらくぶりのスーツ姿では疲れも倍以上で、東京駅近くの目的のホテルに着いたとき、恵はすでに疲労困憊《こんぱい》だった。

それでも、今日は大学時代の友人の結婚披露宴だ。

まさか疲れた顔は見せられず、恵は一つ息をつくと「よし」と会場のあるフロアを目指した。

広く美しい吹き抜けのロビーを歩いていると、その華やかさに自然と気分も上向いていく。会社を辞めてからというもの、ほとんど店にかかりきりだったから、学生時代の友人たちと会うのも久しぶりだ。

みんなどう変わっただろう？　それとも変わってないだろうか。

ドキドキしながらエレベーターに乗り、披露宴会場のある階につくと、目が合った一人の男にすぐに声をかけられた。

「おー久しぶり！　二宮だよな」

「ああ――うん。ひょっとして前川《まえかわ》？　久しぶり！」

懐かしい顔に自然と笑顔が零れる。近づくと「『ひょっとして』はないだろ」と大きく苦笑された。

「ごめん。でもちょっとだけ自信なくてさ。四年？　五年ぶりだっけ」

「そそ。お前は変わらないよなー。すぐわかったよ。俺はちょっと太っちまったからなあ」

声を交わしながら、恵は受付へ向かう。するとそこにも見知った顔がちらほらあった。

友人のめでたい席だからか、皆一様に笑顔だ。受付を済ませて数人で立ち話していると、今日来ている友人の一人、高木《たかぎ》と、今日は来られなかった友人の上田《うえだ》の二人が、この後結婚の予定があることがわかった。

高木は、軽く壁に寄りかかるようにしながら言う。

「たまたまなんだけど、なんか続くみたいなんだよなあ。俺はまだ日取りははっきりしてないけど、来年の夏前ぐらいかな。で、上田は六月の頭らしい」

「へえ……」

「上田はどうするか知らないけど、俺は呼ぶからさ。よかったら二宮も来てくれよ」

「うん──もちろん」

「そういやお前、今実家に戻って店継いでるんだっけ。偉いよなあ。今、スーパーって大変だろ」

すると、最初に声をかけてきた前川が思い出したように言う。「大変」という言葉に、思わず苦笑が漏れた。

「うん…まあ、いろいろね。前川はまだ銀行?」

「ああ。こっちもまあぼちぼちな。でも俺もそろそろ相手見つけて結婚しないとなあ」

前川のそんな言葉に向けて、すかさず高木が「銀行員は結婚してないと出世しない、なんて言うもんな」と続ける。続けて「お前は?」と尋ねられ、恵は一瞬言葉に詰まった。

戸惑っていると、「結婚だよ」と声が続く。

「実家に戻ったんなら、そういう相手がいたんじゃないのか？」

「え――い、いないよ」

答えながら、なんだかついこの間も似たような会話をしたなと思い出す。

そのせいだろうか。

恵はその後、披露宴で幸せそうな新郎新婦を見ていても、友人たちと話をしていても、ずっとたった一人のことを考えずにいられなかった。

自分を騙していた人。けれど、考えるだけで胸が落ち着かなくなってしまう、あの夜以来会っていない彼のことを。

どうして彼は店に来なくなったのだろうか。もうあの土地に興味がなくなったのだろうか？

いや、そうとは思えない。だとしたら、もう調べることはなくなったということなのだろうか？　調べは終えて、店の土地を買うためのプランを練っている――というところなのだろうか。

ぐるぐると考えていると、いつの間にか披露宴も終わる。

恵は二次会の誘いを断ってホテルをあとにしながら、手にしている引き出物を何度も持ち直した。

じわりと手が熱い。頬も。耳も。

春日井のことを考えると、自然とそうなってしまう。

仕事をしているときは、仕事のことを考えようとしているからまだましだ。けれどこうして一人になって、何をするともない時間を過ごしていると、頭の中は彼のことでいっぱいになってしまう。

（どうしちゃったんだろうな……）

恵は息をついた。

本当ならもう会いたくないと思っていなければおかしい相手だ。自分を騙して、店の土地のために近づいてきたような、あんな男。こんなふうに気にするなんて変だ。

自分の気持ちが摑めないことに微かな苛立ちを感じながら、駅を目指して歩いていたときだった。

「あ……」

昼下がりの日射《ひざ》しの中、恵は小さく声を上げると、はたと足を止めた。

そう言えば、春日井が社長をしているという会社は、この近くだった気がする。

「……」

それに気づいた途端、行ってみたいという気持ちが込み上げてきた。

行ってどうする、とも考えたが、それはほんの数秒で、恵は、何かに押されるように方向を変えると、春日井グループ本社のビルを目指して歩き始めた。

行ったところで会えるとは限らない、そもそも会う必要なんかないはず——。

頭の中ではそんな声がこだましているのに、足は止まらない。

そのまま五分ほど歩くと、恵は目的のビルに辿り着いた。

外から覗けば、一階には受付とコーヒーショップがある。アポなんか当然取っていないから、春日井には会えないだろう。第一、引き出物の袋を持ったままだ。

迷った末、恵はビルに入ると、そのままコーヒーショップに足を向けた。

甘めのコーヒーを注文すると、ビルの入り口が見える席に腰を下ろす。

勢いのままにここまで来てしまったけれど、冷静になって考えてみると、来たところで何ができるわけでもない。

わかっていたことなのに、近いと思ったらじっとしていられなかった。

恵は溜息をつきながらもゆっくりとコーヒーを飲むと、ビルの入り口から春日井が入ってこないだろうかと目を懲らす。

だが、恵がコーヒーを飲み終えても、春日井は姿を見せない。

考えてみれば当たり前なのかも知れない。休日だから会社には来ないのかもしれないし、でなければずっと社内で仕事中なのだろう。会議中かもしれない。なにしろ相手は大きな会社の社長だ。

恵はしばらく店の外を眺めると、

「帰ろう……」

ぽつりと呟いて腰を上げた。

自分でもどうしてなのかわからないほどの寂寥《せきりょう》感が込み上げてくる。

けれど、知らないフリをして、店を出た。

会えなくて当たり前なのに、会えないとこんなに寂しい。

俯き、唇を噛んだ次の瞬間。

「その件については、もう何度も話をしたはずだ」

突然、どこからか聞き覚えのある声が聞こえた。

びっくりして辺りを見れば、今まさに外出から帰ってきたと思しき春日井の姿が見える。側には、以前も見たあのスーツの男だ。きっと近い部下なのだろう。

だが、今は雰囲気が張りつめている。春日井の表情も厳しく、恵は思わず近くの柱の陰に身を隠す。

すると、さらに声が聞こえた。

「ですが、会長は納得されておりません。今まで進めてきた開発計画をいきなり覆すというのは、やはり……」

「これ以上進めても社にとってのメリットよりデメリットの方が大きいと判断した結果だ」

「とはいえ、あの駅一帯の開発は以前からの——」

「会長時代からの懸案事項だったからといって、引き継がなければならないわけではないだろう。これ以上長引かせるべきじゃない」

どうやら、仕事のことで揉めているようだ。お互い、譲れないことなのだろう。二人はきつい声でやりとりしている。

そっと様子を窺えば、表情も厳しく、普段の春日井ではないかのようだ。恵も思わず息を詰めてしまう。そのときだった。

「社長――ちょっとよろしいですか」

男が一際声を落としたかと思うと、二人の足音が近づいてくる。

恵は逃げ出しかけたが、隠れる場所はない。

慌てたが、幸いにして二人の足音はすぐ側で止まる。柱の向こうで、スーツの男は声を落としたまま言う。

「――社長。どうかもう一度お考え直しください。ご存じかと思いますが会長は非常にお怒りです。このままでは社長のお立場も難しくなりかねません」

「……わかっている」

「であれば――」

「だが、鶯ヶ山駅周辺の開発はもうやめると決めた。会長には……義父《ちち》にはわかってもらうしかない」

「！」

その瞬間、恵は思わず声を上げそうになるほど驚いた。

やめる？

彼は店の土地を買うのをやめるつもりなんだろうか。

ドキドキしながら、恵は今の春日井の言葉を胸の中で繰り返した。

春日井の声からは、苦しさや苦さのようなものが伝わってきた。諫《いさ》めるような男の声と対照的だった。

（お父さんが会長さんなんだ……）

そう言えば、そうも言っていたなと恵が直前の春日井の言葉を思い返したとき。

「征一様」

男の、さらに潜められた声がした。声量は小さいが厳しさが感じられる口調と声音だ。

ただごとではない気配に、恵も全身を強張らせてしまうと、男は続けた。

「言うまでもないことだと思っておりましたが、敢えて言わせていただきます。会長が征一様を養子として迎え、グループの跡継ぎにされたのは、他でもないグループの発展のためです。そのためには、鷲ヶ山駅の再開発計画は欠かせません」

「……」

「そうした会長のお気持ちを、ご恩を、どうか今一度思い返してくださいませ。そしてお考え直しください。幸い、プロジェクトはまだ解体いたしてはおりません。征一様が再開すると一言仰れば、計画はつつがなく進むでしょう。少々の遅れなどすぐに取り返せます」

「……」

「社長が会長のお気持ちを無下にするような方ではないと信じております」

男は諭すような口調で春日井に言うと、何も言い返さずにいる彼とともにエレベーターの方へと歩いていく。

予想もしていなかった話の内容に、恵はしばらくその場を動けなかった。

◆

自宅へ戻ってからも、恵の頭の中は春日井のことばかりだった。

昼間に聞いた、彼と彼の部下の男のやりとりが頭から離れない。

『会長には……義父にはわかってもらうしかない』

『会長が征一様を養子として迎え――……』

恵はスーツの上着を脱ぐと、大きく息をつきながらベッドへ腰を下ろした。

今日は丸一日休日にしていてよかった。夕方から店に出ようかと思っていたが、二次会に行くかもしれないと思って念のため終日休みにしたのだ。

予定とは大きく違ったが、こんな状況で店にいても、迷惑をかけてしまうばかりだろう。今はきっと、仕事をしていても春日井のことを考えてしまうに違いない。

鷺ヶ山駅周辺の開発はもうやめると決めた——そう話していた春日井。そして、思いがけず知ってしまった彼の立場……。

彼が親の跡を継いだことは、会社のホームページを見れば予想できたことだったけれど、まさか彼の父親も実の父親ではないとは思わなかった。

彼にも、背負っていたものがあったのだ。密《ひそ》かに。口には出さなかったけれど。

（あ……）

そこで、恵は思い出した。

自分が家族の打ち明け話をしたとき。

春日井は、まるで兄のような表情で自分を見つめ、話を聞いてくれた。

だから自分も自然に話すことができた。

今にして思えば、あれは彼もまた「そう」だったがゆえなのだろう。

彼もまた、自分と同じように多くの想いを抱えていたのだ。

「……」

気づけば、恵は机の上に置いたスマートフォンを見つめていた。あの中には、春日井の電話番号も入っている。

彼が番号を変えていなければ、かければ通じるはずだ。

（でも……）

かけて何を話すのか。

今日、偶然話を聞いてしまった、とでも話せばいいのか。けれどそれを話してどうなるというのか。

「ああもう――」

恵は決めかねて声を上げると、スマートフォンから目を逸らす。

だがすぐ、それに目を戻した。

胸の中がざわざわしている。

そろそろと手を伸ばすと、スマートフォンを取った。

こんなにぐずぐずしているのは性に合わない。とにかくかけてみればいい。

かけてみれば話すことも思い浮かぶだろう。

彼の声を聞いて思い浮かんだことが話したいことだ。

だが、そう思っていても呼び出し音を聞いているとじわりと手に汗が滲《にじ》む。

耳朶《じだ》が熱くなった気がして、ごくりと息を呑んだとき。

電話が繋がった。

「あ――あの、もしも――」

『はい』

だが次の瞬間。

聞こえてきた軽やかな女性の声に、恵は思わず電話を切ってしまった。

「え……」

頭の中が混乱している。

盛り上がっていた気持ちが一気に冷める。

今の声は、いったい？

「ば、番号間違えたとか……？」

戸惑いに狼狽《うろた》えながら、発信履歴を確認しようとする。が、その寸前、【鈴木さん】と登録している番号から——今かけた番号から電話がかかってきた。

きっと、いきなり切ったからかけ直してきたのだろう。

恵は、【鈴木さん】と表示したまま鳴り続けるスマートフォンを見つめる。

だが、出る気にはなれなかった。

またあの声が——女性のあの声が聞こえてきたらと思うと、どうしても出る気になれない。

あの声は——あの声の主はいったい誰なのだろう。

電話に出るような人だ。きっと親しいのだろう。

恵も一度出たことがあるが、あのとき春日井は疲れて眠っていた。自分に気を許してくれていた。彼女もそういう相手なのだろうか。

考え始めると、胸の中がもやもやして堪らなくなる。

鳴り続けている電話。

春日井と自分とを繋いでいたものなのに、今は触れられない。

彼が自分以外の誰かといるかもしれないと思うと、彼が自分以外の誰かにも気を許しているのかもしれないと思うと、胸が重たく苦しくなる。

あの笑顔を見せているのかと思うと、あの柔らかな声で話しかけているのかと思うと。

「……」

恵は、ぎゅっと拳を握り締める。

いつの間にか、自分の中で春日井はこんなにも大きな存在になっている。

もう関係ない相手だと思いたいのに、そう思えない。

最初は偶然出会ったただのお客だったのに、今はそうじゃなくなっている。

唇に、あの日の感触が蘇る。

恵は目の奥が熱くなるのを止められなかった。

◆
◆
◆

「店長！　危ない！」

「え――わっ！」

声ではっと我に返り、慌てて伸ばした手も空《むな》しく、雪崩《なだれ》を起こして崩れ落ちていくカップラーメン。

明日の特売用にと積み上げていたそれらが三分の一ほどの高さになってしまったさまに、恵は「ああ……」と肩を落とした。

周りのお客さんたちも顔を顰めている中、「申し訳ございません」と繰り返しながら、恵は散らばったカップラーメンを集める。

(何やってるんだ……)

自分のふがいなさに、溜息が出る。

これで何度目の失敗だろう。

今日は朝から、大小の失敗の連続だ。

開店前には、陳列用のカゴに移していたレモンをカゴごと全部零してしまった。お客さんに迷惑をかけなかったことは幸いだったが、そのせいで、店に並べるレモンには急遽《きゅうきょ》「ワケあり」のPOPをつけなければならなくなってしまった。

自分のミスで価値を落としてしまった商品のPOPを書く空しさといったら……。

しかもその後も、特売の総菜の価格を間違えて表示してしまい、ちょっとした騒ぎを引き起こしてしまった。お客さんに指摘されてすぐに変更したが、開店直後の忙しいときだったから、パートさんたちにもお客さんにも迷惑をかけてしまった。

事務所で昼食を摂っているときもお茶を零してしまうし、挙げ句にコレだ。

恵が俯くようにしてカップラーメンを拾っていると、

「――店長」

さっき声をかけてくれた、斉藤さんが近づいてきた。

彼女は気遣うような表情で見つめてくると、「どうぞ」と、遠くまで転がっていたらしいカップラーメンを差し出してくる。

恵が「ありがとう」と、受け取ると、斉藤さんは「それ、カップが割れちゃったみたいです」と続けた。

確認すれば、確かに割れている。恵はがっくりと肩を落とした。つまり、これは売り物にならないということだ。しかもこの分なら他にも割れているかもしれない。

（全部確認しないと……）

胸の中で溜息をつきつつも、恵はすべてのラーメンを拾って立ち上がる。すると、

「店長――大丈夫ですか？」

斉藤さんが、不安そうな声で訊いてきた。

「今日、朝から変ですよ。今もなんだかぼうっとして……」

「いや、大丈夫だよ」

恵は首を振った。具合は悪くない。失敗ばかりなのは、春日井のことばかり考えて仕事に集中できていないせいだ。

今まではこんなことなかったのに――。

自分に向けて溜息をつくと、恵はこれ以上周りに迷惑はかけられないと判断して斉藤さんに言う。

「大丈夫だけど……ここが終わったら裏で在庫のチェックをしてるから、何かあったら呼んでくれるかな。今日は店にいるよりそっちの方がいいみたいだから」

「はい。あの…もしかして店の土地の件で、また何かあったんですか？」

「え…あ――それは……」

恵は口を開きかけたものの、結局、ううん、と首を振って作業に戻る。そうすることしかできなかったからだ。

何かあったのかと言われれば「あった」。

自分が耳にしたことが事実なら、春日井はこの辺りの再開発をやめようとしている。この店の土地を買うことも。

そうなれば、店はこれからも無事に続けていけるだろう。だが、計画を中止して、彼は大丈夫なのだろうか。

「今ごろ、何やってるんだろうな……」

カップラーメンを積み直し終えると、恵は店に隣接している倉庫で在庫のチェックを始めながら呟く。

もう何日会ってないだろう。

昨日は姿を見たけれど、あれはただの覗き見だ。盗み聞きだ。きちんとした形では、しばらく話をしていない。

あの夜、公園で別れてから会っていない……。

気づけば、ボールペンを持っている手が止まる。

会いたい気持ちが湧き起こるが、同時に、耳の奥に彼の声と女性の声が蘇り、そこがじくじくと痛む。軋む。

「ああもう——」

仕事をしなければならないのにさせてくれないそれらをなんとか振り切りたくて、大きく頭を振ったときだった。

「——失礼。少し、いいだろうか」

足音とともに、不意に声が届く。

はっと振り返ると、そこには、今まさに考えていた春日井の姿があった。

思いがけない訪問に、恵は瞠目《どうもく》する。心臓が跳ねる。手から、ボールペンが滑り落ちた。

近づいてきた春日井が、屈《かが》んでそれを拾ってくれる。

「どうぞ」と渡され機械的に受け取ると、彼の顔がすぐ側にあった。

整った、知的な貌。均整の取れた四肢をより引き立たせているいい仕立てのいいスーツ。爽やかなのにどこか落ち着く微かな緑の葉の香り。

記憶の中の彼とまったく変わらないその佇まいに、恵は動揺する。

「な——なんの用ですか」

会いたいと思っていた。けれど、会うとどうすればいいのかわからない。

聞きたいことも確かめたいこともあるのに、それと同じくらい聞きたくなくて、聞くのが怖くて、思わず突き放したような言い方になる。

だが、春日井は恵のそんな口調にも気を悪くした様子はないようだ。

静かな瞳で恵を見つめたまま、落ち着いた口調で続ける。

「本当はもうここへは来ないつもりだったんだが…一つ報告しておいた方がいいと思って来

たんだ。すぐに帰るから少しだけ時間を貰《もら》えないか」

「……」

しかし、恵は答えることもできない。すると、春日井がふと何かを思い出したように言った。

「そう言えば、昨日電話をくれたようだが――」

「かけてません！」

その瞬間、恵は反射のように声を上げていた。

春日井は驚いたような表情を見せたが、恵はそれきり口を噤《つぐ》む。春日井はしばらく恵を見つめてきていたが、それ以上そのことには触れず、やがて、話を変えるように改めて口を開いた。

「話というのは、この店も含むこの辺り一帯の土地の件だ」

「！」

今度は、恵が驚く番だった。

昨日聞いてしまった件だろうか？

ドキドキしながら春日井を見ると、彼は表情を変えないまま続けた。

「結論を言えば、この辺りの土地を買う話はなくなった。計画は白紙に戻す。安心してくれ。それを、伝えたかった」

目が合うと、春日井はふっと微笑む。

その笑みは、恵を安心させようとしているかのような柔らかさだ。

だが、恵は素直に喜べなかった。

昨日聞いた話が間違いでなかったことは嬉しい。この店の土地のことで揉める可能性がなくなったことも嬉しい。

だが。

それで、春日井は大丈夫なのだろうか？

不安になって見つめると、春日井は怪訝《けげん》そうに首を傾げる。

「……どうした。まだ何か心配か」

「……」

「これは嘘じゃない。本当のことだ。こんなことできみを騙したりはしない」

「それは……わかってます」

「じゃあどうしてそんな顔をしてるんだ」

恵は、昨日のことを話すべきか迷った。

話せば、盗み聞きしてしまったことが知られてしまう。それに、聞いてしまったことは仕事のことだけじゃない……。

だが、知ってしまった以上何も知らないフリをして「そうですか」とは言えない。

店を守りたい気持ちは本当だし、守るためには誰とだって何とだって闘うつもりだったけれど、そのせいで春日井に辛い思いをさせたいわけではないのだ。

「あ…あの」

恵は、呟くように言った。

「その、昨日…い――いろいろあってあなたの会社に行ったんです」

「……え？」

「詳しいことは省きますけど、とにかく、行ったんです。それで…その――たまたま、話を聞いてしまって……」

「話――？」

「……あなたと、前に店に来た男の人がエントランスの隅で話してるのを」

言った途端、春日井が息を呑んだ音が聞こえた。

「すみません……立ち聞きみたいなことを…して……」

気まずさに、恵は思わずエプロンを握り締める。

だが、ややあって春日井は、「いや――いい」とゆっくりと首を振って見せた。

「聞かれるようなところで話していたのが悪いんだ。お互いどうしても譲れなくて、熱くなった」

「……」

「だが知ってしまったんだな。その様子なら、この辺りの開発に会長が力を入れていたことも会長がわたしの義父だという話も聞いたんだろう？」

「はい……」

恵は頷く。

そのまま、春日井を見つめて続けた。

「聞きました。だから気になってるんです。ここの開発を中止して、あなたは大丈夫なんですか？」

「……」

「もちろん、この店が守られるならそれは嬉しいです。でも……でもそのせいであなたが怒られたり辛い思いをするのは、僕は嫌なんです」

恵が言うと、春日井は息を吞む。

「わたしはきみに嘘をついていたのにか？」

戸惑っているような表情で恵を見つめて言う春日井に、恵は深く頷いた。

「確かに、嘘をつかれました。でも…僕は全部が嘘だったとはどうしても思えません。思ってません。話したことのなかには本当のこともたくさんあったって信じてます。いつか、僕が両親のことを話したとき、あなたは黙って聞いてくれました。僕にはそれが嬉しかった。そしてあなたがかけてくれた言葉が嬉しかった。そんなあなたがこの店のせいで怒られるかもしれないと思うと、嫌なんです」

そして一気に言うと、春日井は戸惑ったままの表情で恵を見つめてくる。

やがて、ふっと息をつくと、彼は淡く笑み、「まさかきみにそう言ってもらえるとはな……」と呟くように言う。

次いで、遠くを見るような視線で話し始めた。

「義父とわたしの母は再婚同士だ。二人が結婚してからというもの、わたしは母のためにも義父に気に入られることばかりを考えていた。勉強、スポーツ…なんでもだ。気に入られて役に立たなければとそんなことばかりを考えて、進学先も就職も、すべて義父が気に入るようにと努めてきた。もちろん、義父には感謝していたから、そうすることにさほどの抵抗感もなかった。飼いたかった犬を飼えなかったことが悲しかったぐらいで、あとは仕方のないことだろうと思っていた。高校の学費も大学の学費もすべて出してくれたし、何不自由ない生活を送らせてくれた義父の恩に報いることは、当然のことだと思っていたからな。たとえそれが、愛情ゆえのことではなく、わたしのわずかばかりのできのよさを気に入ってのことだったとしても、義父からの恩を返すことは当然だと思っていたし、ずっとそうして生きていくつもりだった……」

淡々とした声にもかかわらず、春日井の言葉は一つ一つが恵の胸を震わせる。

見つめたまま動けずにいると、彼は「だが――」と小さな声で続けた。

ふと顔が向けられ、視線が絡む。途端、彼の瞳は熱を増したように見える。

春日井は噛み締めるように続けた。

「だが、きみと出会ってきみがあの店を大切にしていることを知ってからは、それを奪うようなことはしたくないと思うようになった。義父の意思に反するとわかっていても、恩を仇《あだ》で返すことになるかもしれないとわかっていても、きみと過ごした時間のどれもがわたしにとってかけがえのないものだったからだ。きみとの時間が……きみ自身が」

「春日井さ……」

「そして今、この店はわたしにとっても大切なものになっている。きみと出会えた場所だからだ。だから、ここはこのままにしておきたい」

気づけば、左腕を春日井の右手に摑まれていた。

その強さから、彼の決意が伝わってくる。

恵は摑まれている腕が、胸の奥がじわじわと熱くなるのを感じていた。

彼は本当に——本気でこの店を守ろうとしてくれているのだ。恩を感じている人に背いても。

「春日井…さん……」

ありがとうと言いたいのに、上手く声にならない。

自由になる手で縋るように目の前の男のシャツを摑むと、込み上げてくるものが目の奥を熱くする。

　やはりこの人は優しい人だった。

　今聞いた彼の言葉が、今まで一緒に過ごした時間が脳裏を過ぎるたび、改めてそう感じられる。

「ぁ……！」

　すると直後。不意に強く引き寄せられ、抱き締められた。

　逞しい胸。腕。爽やかで――けれど今は艶めかしく感じられる香り。全身でそれを感じると、一気に頰が熱くなる。頭もクラクラして、なんだか酔ったときのようだ。背中に回された手にぐっと抱き寄せられ、ドキリと心臓が鳴る。

　次の瞬間、頤《おとがい》を掬われ、春日井の端整な貌が近づく。

　耳まで熱くなった、そのとき。

「――！」

　酩酊《めいてい》しかけていた耳の奥で、電話の女性の声が蘇る。

　気づけば、恵は思わず春日井を突き放していた。

「あ……」

　自分で自分の行為に戸惑っていると、

「――すまなかった」

春日井の苦みを帯びた声が届く。

はっと見れば、彼はきつく眉を寄せている。

「違います！」

慌てて、恵は首を振った。

「違います！　あの…そうじゃなくて……」

「いいんだ。わたしが悪い。強引な真似《まね》をしてすまなかった。そんなつもりじゃなかったんだが、きみを見ていたら……思わず……」

「僕は……！」

全身から後悔が伝わってくるかのような春日井の様子に、恵は思わず声を上げかける。

だが、なんと言えばいいのかわからない。

「そんなつもりじゃなかった」——？

だったら、あのまま彼を受け入れるつもりだったというのだろうか。自分は。春日井を？

想像した途端、引きかけていた熱がぶり返してくる。

耳が熱い。自分は、彼に、キスされてもいいと思っていたのだろうか……？

考えると、ますます顔が熱くなる。

恵はそんな自分を見られたくなくて、「とにかく、今日はありがとうございました」と全部を強引に終わらせようとするかのようにばっと頭を下げて言う。

しかしそのまま顔を逸らしてその場から逃げ出そうとしたとき。

「あっ――」

身を翻したはずみによろけた身体が、積み上げていた段ボール箱にぶつかり、中身の入った箱が崩れ落ちてくる。

（――！）

逃げるには遅すぎ、思わず、頭を守るように両腕を上げた刹那――。

「恵――！」

声がしたかと思うと、温かなものに抱き締められた。

そのまま地面に押し倒されたのとほぼ同時に、大きな音を立て、いくつもの段ボールが、倉庫の床に落ちる。

「っ――」

床にぶつかった肩に痛みを覚え、恵は顔を顰める。が、そのとき。

恵は自分に覆い被《かぶ》さっているものの正体を知った。

それは、他でもない春日井だ。彼が、落ちてくる荷物から恵を庇ってくれたのだ。

だが、息を詰めて待っても、彼は動かない。

「……春日井…さん……？」

声をかけても、返事がない。

落ちてきたものが当たったのだろうか⁉　そろそろと身体を揺すっても、動かない。

「春日井さん‼」

恵は背中が冷たくなるのを感じながら、自分を庇ってくれた男の名前を——目を閉じたままの春日井の名を叫んだ。

◆

打撲と擦り傷の治療をしてもらうと、恵は救急搬入口からほど近い廊下の長椅子に腰を下ろした。

まだ身体が震えている。

自分の身体の痛みではなく、目を開けなかった春日井の姿が思い出されるたび、抑えても抑えても震えてしまうのだ。

あの後、二人は、音に気づいて駆けつけてきてくれたアルバイトさんたちに助けられた。

春日井はそのまま救急車でこの病院に運ばれ、恵は彼につき添ってきたのだった。

店の営業があるのは心配だったけれど、自分のせいで怪我《けが》を負った彼を一人にはできなくて。

運ばれる途中の救急車の中で、春日井は薄く目を開けたが、意識が朦朧《もうろう》としていた上、ど

こを打っているかわからなかったため、今もまだ検査を続けている。

恵は、まだ会えない春日井のことを想いながら、ぎゅっと唇を噛み締めた。

大丈夫だと自分に言い聞かせていないと、最悪のことを考えてしまってどうすればいいのかわからなくなる。

自分がもっと注意していれば――。

後悔ばかりがぐるぐると全身を巡り、恐怖に頭の奥が軋むようだ。

そんな中、胸の中に一つの想いが込み上げてくる。

――春日井を失いたくない。

恵は、祈るように強く願った。

彼を失いたくない。

彼を失いたくない――。

一心に繰り返しながら、ぎゅっと、拳を握り締めたとき。

「春日井さんのつき添いの方?」

すぐ側から、声が聞こえる。

いつしか俯いていた顔をはっと上げると、こちらへ近づいてくる看護師さんと目が合った。

「はい!」

勢いよく立ち上がると、その、母と同じ歳くらいの看護師さんは、「もうお話しできますよ」と、恵を部屋の中に入れてくれた。

息を詰め、ベッドを囲んでいるカーテンを開けてそっと覗くと、そこには、まだいくらか顔色が悪いものの、意識ははっきりとしている春日井が横になっていた。

見た瞬間、ほっとして全身から力が抜けそうになる。

恵は静かに近づくと、こちらへ首を巡らせた春日井の手を握り締めた。

「……よかった……」

それしか、言葉にならない。

「よかった……よかった……」

「二宮さん――」

「無事で、よかった……っ」

噛み締めるように言うと、手に手が重ねられる。

「心配させて悪かった」

春日井のそんな言葉に、恵は大きく頭《かぶり》を振った。

彼が謝ることなんかない。彼は、自分を庇ってくれたのだ。

思い出すと、改めて彼への感謝が全身に満ちていく。

そしてそんな彼を失うかもしれないと思ったときの恐怖――。

廊下でただ待つしかなかった時間は、永遠のようにも思えたほどだ。

彼を失いたくない――。

胸の中で何度そう繰り返しただろう。

温かな春日井の手をぎゅっと握りながら、恵は強く思った。

彼を失いたくない。

――彼のことが、好きだから。

自分の気持ちを自覚すると、途端にふっと気持ちが楽になった。

男同士でも、結婚できなくても、彼が好きだ。彼が誰とつき合っているとしても、彼が、自分にとって一番大切な人だ。なくしたくない人だ。離したくない人だ――。

全身が震えるような感覚を覚えながら胸の中でそう繰り返していると、次第に「好き」で胸がいっぱいになっていく。込み上げてくる熱に、苦しくなっていく。

「あの……春日井さん――」

熱に浮かされたように、恵が春日井の名前を呼んだとき。

「――春日井さーん」

背後から声が聞こえ、恵は驚きに小さく飛び上がった。

びっくりして振り返れば、そこにいたのはさっきの看護師さんだ。

彼女は、周囲を安心させる笑みを見せながら近づいてくると、恵と春日井に向けて言った。

「検査では異常はありませんでしたけど、脳震盪《のうしんとう》ですし、身体も他に打撲があるようですから、今日一日は入院してください。今の気分はどうですか？　どこか痛みや変な感じはしませんか？」

「大丈夫です」

「何かあればすぐに言ってくださいね。それから…つき添いの方は手続きをお願いできますか？」

「は――はい」

「入院の案内はこれを読んでください。今ならこのBタイプの部屋以外は空いてます。お部屋を決めたら、これに記入して二十番の窓口までお願いします」

「はい」

恵が頷くと、看護師さんはにっこり微笑んで去っていく。

再び二人きりになったが、今度はどうしてか、なんとなく、恵は春日井の顔が見られなかった。

さっきは気持ちが昂《たか》ぶっていて、今は少し冷静になっているからだろうか。

だが冷静になって考えてみても、彼が好きだという気持ちは変わらない。

「あ――あの…本当に、大事なくてよかった、です……」

仄かに熱くなっている頬のまま、恵が話しかけたとき。

「――恐れ入ります、春日井という者がここへ運ばれていると連絡を受けたのですが」

慌てているような足音がしたかと思うと、カーテンの向こうから、女性の声が届く。

その声も、焦っているような普通ではないような声音だ。恵が目を瞬かせたとき。

「そこのベッドですよ」という看護師さんの声に「ここですか⁉」と、女性の声が重なり、ベッドを仕切っているカーテンがばっと開けられる。その向こうには、一人の女性が立っていた。

歳は恵と同じぐらいだろうか。ストレートの長い髪。目鼻立ちのはっきりとした、「美人」と言ってまったく差し支えのない顔立ちは、慌てているような表情を浮かべていても綺麗だ。身につけているワンピースも高価そうで、見るからに「お嬢様」といった雰囲気がある。

恵は一瞬唖然としたが、すぐにはっと思い至った。

思い出した、と言った方が正しいかもしれない。

この声は、以前に聞いた声だ。春日井に電話したときに、電話の向こうから聞こえた、あの……。

そしてそれを裏づけるように、春日井も女性を見て「あっ」という表情をしている。女性はと言えば、春日井を見るなり目を細めて、いかにもほっとしたような表情を見せる。

実は恵は、春日井が検査をしている最中、彼の会社に電話をしていた。彼が事故に遭ってしまったことを連絡しておくべきだと思ったためだ。

だから、いつか見たあの春日井の部下の男の人たちがやってくることは想像していたが、女性が来るとは思わなかった。

同じ会社に勤めている人なのだろうか。それとも、春日井に何かあったときには、彼女にも連絡がいくということなのだろうか？

いずれにせよ、彼女は彼にとって特別な存在だということには間違いないだろう。

恵は、胸がずきずきと疼き始めたのを感じると、そろそろとその場から後ずさる。

この場に——二人が一緒にいるところにいたくないと思ったのだ。

そんな恵の目に映るのは、女性が心配そうに春日井の顔を覗き込む様子だ。

見ていられず、恵は早足にその場を立ち去った。

途中、入院手続きの紙を置いてきたままだと思い出したが、すぐに「いいや」と思い直す。

手続きは、あの女性がするだろう。自分でなくても、誰でもできることなのだから。

恵は、そのままエレベーターで一階まで下りると、エントランスを抜けて病院を出る。

そしてがっくりと肩を落としながらバス停を探していると、

「二宮さん！　——恵！」

突然、背後から声が響く。

びっくりして振り返ると、そこには、さっきまでベッドにいたはずの春日井の姿があった。

「春日井さん！　どうしたんですか！　駄目です、横になっていないと！」

安静にしていろと言われたはずなのに。

恵は慌てて駆け寄ると、着乱れたシャツ姿の彼を支える。すると春日井は、恵の腕をきつく摑んだ。

「どこへ行くつもりだった⁉ まだ帰らないでくれ。きみに…伝えたいことがあるんだ」

その声は、初めて聞くような激しい声だ。

そして声にも負けないほどの情熱的な瞳で恵を見つめてくると、春日井は続ける。

「目を開けたとき、きみがいてくれて嬉しかった。きみを守れてよかったと心から思った。今度のことがあって、思っているだけじゃ駄目だと気づいたんだ。きみに、伝えたいことがある」

「……」

気圧され、恵が声も出せずにいると、春日井は恵を真っ直ぐに見て言った。

「きみのことを――愛している」

真っ直ぐな強い声が、恵の胸を打つ。

思いもかけなかった言葉に瞠目する恵に、春日井は言葉を継ぐ。

「男同士だということはわかっている。だが、わたしにはきみが必要だ。友人としてではなく恋人としてきみを求めている。きみを愛しているんだ」

情熱そのもののような声は、恵の胸を震わせ、身体を熱くさせる。

しかし直後、恵ははっと気づき、大きく頭を振った。

「何を…何言ってるんですか」

「いきなりだから驚くのはもっともだ。だが――」

「だっ、だってあなたには僕よりお似合いの女性がいるようじゃないですか！　あんな人がいるのに、どうしてそんなことを言うんですか！」

耳の奥で春日井からの告白が何度も繰り返されているけれど、同時に、目の奥にはさっき見た光景が焼きついている。親しげに顔を寄せていたあの女性。

だが、春日井は「女性？」と、意外そうな顔を見せる。

誤魔化そうとしているような気がして、恵は声を荒らげた。

「そうです！　さっき来た……。この間電話したときも彼女が出ました。代わりに電話に出るほど親しい相手なら――」

しかしそのとき、恵は春日井が苦笑していることに気づく。それも、大きな苦笑だ。

「？　なんですか!?」

理由がわからず思わず苛立ちながら尋ねると、春日井が口を開きかける。だがその寸前、

「兄さん！　何歩き回ってるの！　入院の手続き終わったから、戻ってきてよ！」

怒っているような、高い声が聞こえた。

春日井の肩越しに見れば、そこにいるのは病室に来たあの女性だ。その傍らには、春日井の部下の男。

だが……。

兄さん——!?

びっくりして春日井を見れば、彼は苦笑したまま頷く。そして軽く背後に顎《あご》をしゃくると

「妹だ」と短く言った。

「母親の実家の方の養女になったから、名字は違うがな。正真正銘、血の繋がった妹だ」

「え……」

「普段は外国に住んでいるんだが、年に何度か帰国して会いに来る。電話に出たのは、わたしが携帯電話を彼女のところに忘れたときだろう。ここへ来たのも、会社に顔を見せていたときに、話を聞いたに違いない。わたしの仕事場を見たいと言って、ちょくちょく来ているから」

「……」

「本当に妹だ。歳は二つ下。名前は早紀《さき》」

驚いたままの恵に、春日井は説明を続ける。

そうしていると、

「兄さん、何やってるの」

当の女性が、「待ってられない」といった様子で近づいてくる。

すると、びっくりする恵をよそに、春日井は恵を女性に紹介する。途端、目の前の美女は

「ああ」と笑顔になった。

次いで綺麗に会釈すると「こんにちは」と微笑んだ。

「あなたが二宮さんだったんですね。いつも兄がお世話になってます。柏倉《かしくら》早紀といいます。さっきは挨拶も忘れていてすみませんでした。ちょうど兄の会社に行っていたときに、病院に救急搬送されたって聞いて驚いてしまって」

「あ…い、い…え……」

続く丁寧な挨拶に恐縮していると、早紀と名乗った春日井の妹は、どこかいたずらっぽく笑った。

「二宮さんのことは、兄からいろいろ聞いてます。これからもよろしくお願いします」

「え…え……？　はい……ええと……」

取り敢えず挨拶は返したが「いろいろ」とはいったいどんな話をしているのだろう。

春日井を見れば、彼は困ったような表情を見せている。

だが確かにこうして並んでいるところを見れば、二人の顔の造作のあちこちが似ていることがわかる。

（妹……）

改めて二人を見つめながら、恵は身体から力が抜けるのを感じていた。

てっきり婚約者か何かだと思っていたのに……まさか妹だったとは。

するとそんな恵の視線の先で、二人は何事か話し、早紀はぺこんと頭を下げて去って行く。慌てて恵も頭を下げると、早紀は春日井の部下と一緒に病院の中に戻って行く。

辺りには誰もいなくなると、恵は一気に顔が熱くなるのを感じた。

早とちりして、妹相手に焼き餅を焼いてしまうなんて。

顔が上げられず俯いていると、「話さずにいて悪かった」と、春日井の声がした。

「隠していたわけではないんだが…妹とは普段はあまり会うこともないし……。時期が来たら話そうとは思っていたんだが」

「い、いえ」

「でもこれで誤解は解けただろうか。わたしが愛しているのはきみだけだと」

そして春日井は、俯いていた恵の顔をそっと上げさせると、間近から見つめてくる。

「わたしが愛しているのはきみだけだ。今まで同性を好きになったことはないが、わたしにとってきみは特別なようだ。誰よりも、きみを愛してる。きみでなければ駄目なんだ」

「……」

「驚かせたことは謝る。気持ちが悪いと思われても仕方がないとも思っている。だが…わたしの気持ちを信じてくれないか。何があっても、きみのことは必ず幸せにする」

熱の籠もった双眸は、彼の情熱をそのまま伝えてくるかのようだ。

その顔を見つめていると、それだけで胸がいっぱいになるようだ。

『きみでなければ駄目――』

そんな言葉を、彼の口から聞けるなんて思っていなかった。

恵は目の奥が熱くなるのを感じながら春日井を真っ直ぐに見つめ返すと、「はい……」と深く頷き、素直に自分の気持ちを伝えた。

「僕も、あなたのことが好きです。だからさっき、あなたにもし何かあったらと思うと、怖くて堪りませんでした」

「……」

「あなたが無事だってわかったときには凄くほっとして…あなたのことが何より大切なんだって実感しました。僕は、あなたが男でもあなたのことが好きなんだ、って……」

「にの……恵――」

戸惑ったように名前を呼ぶ春日井の声が胸を震わせる。恵は、込み上げる気持ちを隠すことなく続けた。

「僕は、あなたが好きです。一緒にいたいです。もっとあなたのことが知りたいですし、僕のことも知って欲しいです」

「恵……」

「だから…恋人に、してください」

「恵、本当に……?」

「はい」

はっきりと口に出すと、まるで見えない鎖から解き放たれたかのように身体が自由になった気がする。

彼が男でも、彼が好きだ。

少し不器用で、けれどとても優しい彼が好きだ。

見つめていると、春日井の手がそっと頬に触れる。撫でられて、温もりと安心感とともに、ぞくぞくとした感覚が背筋に走る。

間近から見つめられ、息を詰めて見つめ返すと、

「――愛している」

誠実な、そして優しい声がした。

「ありがとう。必ず――必ず幸せにする」

春日井は続けて言うと、そっと唇に唇を触れ合わせる。

「実は…前にもこうしてキスしたことがあった」

そして続く微かな声での告白は、秘密めいていてくすぐったい。

「そうだったらいいのにと――思っていました」

恵が答えると、春日井は苦笑を零し、恵を抱き締め再び優しく口づけてくる。

「愛してる――恵」

「僕も、愛しています。征一…さん」

次第に深くなっていく恋人同士のキスに、恵は胸いっぱいの幸せを感じていた。

◆

翌日。

恵は店が終わると、征一が借りているあの家へと足を向けた。

昨日病院で別れたとき、どちらからともなくそう約束したのだ。

すっかり肌寒くなった季節。恵は厚手のパーカーを羽織った格好で夜道を急ぐ。

ふと足を止めて空を見上げれば、星が綺麗だ。高いマンションがないからこそ、見える星々。

恵はこの辺りの開発を取りやめたと言う征一の言葉を噛み締めた。

計画は中止しても、彼はこの街に住み続けるつもりらしい。

恵は、この件が原因で彼と彼の父親との関係が悪くなるのではないか、征一が苦しむのではないかと不安が続いているが、征一は「大丈夫だ」ときっぱり言った。

「きみは気にしなくていい」と微笑む彼に何か考えがあるのかどうかはわからないが、そう言われればもう何も言うことはできず、恵は見守ることに決めていた。

もし何かあったときには、絶対に彼の味方になろうと――そう決めて。

自分にできることは、それぐらいだから。

そんな決意を秘めて家に辿り着くと、征一は笑顔で迎えてくれた。

「お疲れ…さまです。いらっしゃい」

「おじゃまします」

今回で三度目の訪問になるが、恵は自分の声が上擦っていることに気づく。

家の中も、なんだか違って見える気がするほどだ。

恋人同士になっただけで周りがこんなに変わって感じられるなんて、今まで知らなかった。

なんとなく、茶の間に入っても座れず、パーカーこそ脱いだものの、立ったままうろうろしていると、キッチンにいる征一から「食事は？」と、声が届く。

「あ――た、食べてます。ええと…昼食が遅かったから」

恵が答えると、征一は小さく笑った。

「似たようなものだな。ところで、座ったらどうだ」

そして座るように薦められたが、座ってもなんだか落ち着かない。

恵はあてなく部屋のあちこちに視線を向けた。

食事を作りに来たときも、愚痴を言いながら飲みに来たときも平気だったのに、今は二人でいることが恥ずかしい。

恋愛に慣れていない自分を改めて感じ、恵は頬を赤くした。

恋人同士になったけれど、告白し合って想いを伝え合ったけれど、本当に征一は自分でいいのだろうか。

気になって、さっきまで彼がいたキッチンに目を向ける。が、今そこに姿はない。

「え？」

どこに、と慌てて首を巡らせようとしたとき、

「──何をきょろきょろしてる」

「わっ！」

すぐ近くから声が聞こえ、恵はびくりと慄《おのの》いた。

いつの間にか、彼は隣に腰を下ろしていたようだ。

全然気づかなかった自分の狼狽えように、恵は真っ赤になる。

「ええと……」

何か言わなければと言葉を探していると、そんな恵の肩が征一に抱き寄せられた。

「話すことがないときや、話したくないときは、無理に話さなくていい。わたしは、こんなに近くにきみがいると思うだけで満足だ」

「……」

「今までは家族以外の誰かと一緒にいることなんか、想像したこともなかったんだがな。き

みといると、安心しながらドキドキできる。不思議なものだ」

肩を抱いた距離感のまま、征一は言う。耳からだけでなく身体からも伝わってくる声だからだろうか。聞いているとほっとするその声に、恵はこくりと頷いた。

「僕も、そう感じます……。征一さんといると……」

そしてうっとりと呟く。そのとき、「その言葉」が脳裏に蘇った。

「そう…言えば……。家族で思い出したんですけど、病院で妹さんが言っていた『いろいろ』っていうのは、なんですか？」

「え？」

「ほら——征一さんを追いかけてきたとき、妹さんが言っていた『いろいろ』です。僕のこと、妹さんに話してたんですか？」

少しおそるおそる尋ねると、征一は苦笑を深め、「ああ」と頷いた。

「きみの料理を食べたことや小太郎くんのこと……お祭りのことなんかを伝えていた」

「……」

「勝手に話してすまない。だがきみが家まで来てくれたことも、小太郎くんと散歩したことも、嬉しくて誰かに言いたかったんだ。きみがあの辺りで王子様と呼ばれていることも話したが——」

「そんな！　あれは冗談みたいなものなのに！」

そんなことまで⁉　と恵は声を上げる。

だが征一は楽しそうだ。いつか見た、幸せそうな笑顔だ。

恵はその笑顔に、胸が温かくなるのを感じる。彼が好きだと――しみじみと感じる。

この笑顔が見られるなら、いくらでも王子様になろうと思う。

でも。

「それに、僕の王子様は征一さんですから」

恵は、征一を真っ直ぐに見て言った。

照れてしまうかと思っていたけれど、言葉はすんなりと出た。

溢《あふ》れた、と言った方が正しいかもしれない。気持ちが胸の中にいっぱいで、口を開くと自然と零れてしまう。彼のことが好きだという、想いが。

すると征一は驚いたように微かに頬を赤くして俯き、「そうか……」と呟くように言う。

照れ隠しのようなそんな様子に愛《いと》しさが増したが、同時に、恵は少し不安になった。

「でも……その……実は僕、今までこういう経験が全然なくて……。その、つまらなくないですか」

「つまらない？」

「ですから、その、恋人として」

小さな声で言うと、征一が首を傾げた気配があった。

「まだ恋人同士になって一日も経っていないが」

「そ――そうですけど。でも、なんか僕、駄目だな…って。今までは平気だったのに、今日は家に来ただけで、凄くドキドキしてるし。なんか、いい歳して恥ずかしい…かも……って」

恵は、仄かに汗ばんでいるように感じられる手を、握ったり開いたりしながら言う。

すると、

「駄目じゃない」

優しい、征一の声がした。

「そのままのきみが好きだと言っただろう。きみをつまらないなんて思うことは絶対にない」

そして征一は微笑むと、「それに」と続ける。

「それにわたしだってドキドキしている。きみがこんなに近くにいるのにドキドキしないわけがない」

そのまま恵の手を取ると、自らの胸に押し当てる。

シャツ越しに伝わってくる体温。鼓動も速い気がする。

（春日井さんも……）

自分と同じなのだとわかると、知らず知らずのうちに硬くなっていた身体も和らいでいくようだ。

ほっとして微笑むと、

「やっと笑ったな」

征一が小さく笑む。

ぎゅっと肩を抱かれ、恵は小さく頷いた。温もりが伝わってくるのが嬉しい。心臓がドキドキして口から飛び出しそうだけれど、離れたくない。もっともっと――彼に触れられたい。触れたい。そっと顔を上げると、間近に征一の貌がある。目が合うと、身体の奥に火がついたかのように熱を感じた。

頬に、征一の手が触れる。

気づくと、彼の唇が唇に触れていた。

「ん……」

今夜、初めてのキス。

甘酸っぱい思いが胸に満ちる。

やがて、唇はそっと離れ、間近から見つめられる。情熱を秘めた征一の双眸に見つめられていると、ぞくぞくさせられる。

引き寄せられるように目が離せずにいると、

「愛している……」

囁《ささや》く吐息のような声とともに、再び——今度はさっきよりも深く口づけられた。

「つん……っ……」

触れ合った唇の隙間から、そっと舌が挿し入ってくる。温かくぬめる感触に、背筋が震える。

そろそろと舌で触れると、その舌に舌が絡められた。擽《くすぐ》るようにして舐《な》められたかと思うと柔らかく吸われ、そのたび、頭の奥にじんとした痺《しび》れが走る。

思わず征一の服にしがみつくと、口づけはますます深くなる。

舌先に歯を立てられ、甘噛みされたかと思えば上顎の凹《へこ》みをツッとなぞられ、その甘美な刺激に恵は身体が熱くなるのを止められない。

むずむずとした熱が、身体の奥でうねる。

頬が熱い。

まだ口づけだけなのに、身体の中心は変化を示し始めていて、それが恥ずかしいのに止める術がない。

抱き締められ、征一に口づけられていると思うと、それだけであとからあとから彼が好きだという想いと興奮が込み上げてくる。

「つふ……っ」

やがて、長い口づけが終わり、恵が熱い吐息を漏らすと、征一は濡れた唇のまま微笑んだ。

「大丈夫か？」

掠れた声で尋ねられ、恵は頷く。

「は──はい。あの…変じゃないですか」

そろそろと尋ねると、征一は口の端を上げたまま頷いた。

「もちろん。変どころか、愛しすぎてどうしようかと思っていたところだ」

そっと頬に口づけられ、恵はそこもすでに熱くなっていたことを知る。

耳朶に、征一の声が触れた。

「もう少し続けても平気か？」

「！」

低いその声音は、今まで聞いたことがないほど甘い。

夢中で頷くと、まだ余韻の残る唇を唇でしっとりと覆われ、そのまま押し倒された。

全身に感じる心地好い重み。そろそろと腕を伸ばして抱き締めると、征一の逞しさが伝わってくる。

「んんっ……」

さっきよりも一層深く、濃く、甘い口づけ。

同時に腕を、胸元を、腰を撫でられ、その優しくも淫《みだ》らな手に一層身体が熱くなる。

服越しに撫でられただけなのに、息が上がってどうしようもない。ズボンの下で性器はますます硬く、大きくなっている。

シャツを乱され、直接肌に触れられると興奮はますます高まり、どうすればいいのかわからなくなっていく。

「ん…う…ん……っ」

胸元を撫でられ、初めてのその快感に大きく喉《のど》を反らして喘《あえ》ぐと、その喉に口づけられる。

音を立てて吸われ、歯を立てられながら胸の突起を刺激されると、一気に昂ぶりが増し、恵は大きく身を捩った。

「ぁ……っあァ……っ」

恥ずかしいのに、高い声が零れてしまう。

慌てて口元を押さえようとすると、その手を征一に捕まえられた。

「駄目だ」

「っ…ど、どうして……」

「声が聞きたい。きみのことは、なんでも知りたい」

「で、でも恥ずかし…っ…あ……」

「わたししか聞いていないんだ。恥ずかしがることはない」

そしてますます執拗《しつよう》に胸元を弄《いじ》られ、その快感に恵は大きく身を撓《しな》らせた。

どうしてそんなところがこんなに感じるのかわからない。わからないけれど、乳首を摘《つま》まれ、敏感になっているそこを指の先で捏《こ》ねるようにして刺激されると、痺れるような快感が背筋を駆け上ってくる。

「ァ……っあァ……っ」

うなじが熱くなって、こめかみがキンとして、頭の中が真っ白になって声が溢れる。

逃げ出そうにも、征一の大きな体にのしかかられていて逃げられない。

「は……っぁ……っ」

身体の奥から湧き起こってくる熱を逃すようにして大きく喘ぐ。

自分の身体がどうなっているのかわからない。自分の身体なのに、思うように動かない。

征一の指に、唇に触れられるたび、自分が自分ではなくなっていくような気がする。

そしていつしかシャツのボタンを全部外され、胸元も腹部も露《あら》わにされる。

首から肩、鎖骨、胸元から腹へと口づけられるたび、恵は切なく身悶《みもだ》えた。

恥ずかしいのに——耳まで熱くなるほど恥ずかしいのに、気持ちがよくてもっと触れて欲しいから一層恥ずかしい。

しかし、ズボンの前立てを緩められ、すでに大きくなっているそれに口づけられたとき。

恵はさすがに狼狽《ろうばい》し、逃げるように身を捩った。

「や……っやめ…やめてください……っ」

焦りに上擦る声で制止を求めたが、征一は唇を離そうとしない。それどころか、その唇の中に迎えられ深く銜《くわ》えられ、その溶けるような快感に恵は大きく背を撓らせた。

「あ…ゃ……やめ…駄目です……っ」

なんとかやめさせたくて征一の肩に手をかけてみるが、指に力が入らない。

彼の唇にきつく扱《しご》かれ、熱い舌で巧みに舐められると、あられもない声を上げることしかできなくなってしまう。

「ん…っぁ……あア……っ」

目の奥で、白い光が幾度も弾ける。舐められているところから広がる熱が四肢に広がり、全身が燃えるように熱い。

「ゃ…ぁ…もう…やめ…やめ――て……っ」

射精の兆しを感じ、恵はいやいやをするように頭を振った。

このままでは、征一の口の中に零してしまいそうだ。

彼の口を汚してしまうのが怖くて、恵は「離して欲しい」と訴える。だが征一は、まるでその気などないかのように、一層熱っぽく舌を使い始める。

「っい…は…っあ、あァ…ッ――」

音を立ててしゃぶられ、さらには無防備な双珠を袋ごとやわやわと揉まれ、恥ずかしいのに淫らに腰が跳ねる。

そして一際きつく唇で扱かれた瞬間。

「ッア……っ」

高い声とともに、堪えていた熱が溢れる。

吐精の快感に、腰が甘く痺れる。だが征一の口にと思うと、恥ずかしさに身の置き所がない。

逃げるようにして身を捩り、縮こまると、その顔を征一に覗き込まれた。

「恵……？　どうした。そんなに嫌だったのか？」

「……」

「すまなかった。……駄目だな。きみと一緒にいるとどうも我慢ができなくなる。普段は、もっと自制できているはずなんだが」

気まずげに言う征一が気になり、そっと顔を向けると、彼は困ったような表情を浮かべている。

初めて見るそんな表情に、恵は胸が疼くのを感じた。

もっともっと――知らない彼の顔が見たい。声が聞きたい。

恵は征一を見つめたまま、おずおずと頭を振った。

「い――嫌だったわけじゃないんですけど……その、恥ずかしく…て……」

「恥ずかしい？」

「その、せ、征一さんの、口に……その……」

するると、征一は「ああ」と気づいたような顔をした。

微笑むと、そっと口づけてくる。

自分が放ったものの青い香りが感じられ恵が赤くなっていると、征一は「そんなものは平気だ」と囁いた。

「きみが感じてくれた証だろう。わたしは何も嫌じゃない。むしろきみの味を知れて嬉しいと思っているぐらいなのに」

「そ……」

あからさまな言葉に、恵は真っ赤になる。だが征一の瞳は優しい。本当にそう思ってくれているのだと伝わってくるようで、胸が熱くなる。と同時に、一旦は治まっていた身体の奥の火が、再び揺らめき始めるのがわかる。

息を詰めて見つめると、そんな恵の仕草で何かを察したのか、征一が熱っぽく口づけてきた。

「きみが欲しい……——」

口づけの合間に囁かれ、大きく心臓が跳ねる。だが嫌だとは欠片《かけら》も思わなかった。

そろそろと彼の首筋に腕を絡めると、抱き締め、肩口に顔を埋《うず》める。

大きく息をつくと、彼の香りがした。

爽やかな香り。だが今はどこか官能的でさえある。

小さく頷くと、ゆっくりと抱き締め返される。一旦腕を解いて服を脱ぐ征一の身体は、バランスのいい大人の男のそれだ。

綺麗に筋肉のついた四肢や背中、腹部に思わず見とれていると、気づいた征一が不思議そうな顔を見せながらのしかかってきた。

「どうしたんだ？　そんなにじっと見て」

「み——み、見てません」

「見ていただろう。男同士だと、やっぱり嫌になったか」

不安そうな声に、恵は「いいえ」とすぐに首を振る。

こうして素肌を触れ合わせて抱き合っていても、嫌だなんて全然思わない。

むしろ肌の感触の心地好さと、好きな相手に抱き締められている嬉しさに、胸が熱くなっているぐらいだ。

恵は征一を見つめると、「いい身体だなあ、って思ってただけです」と、素直に言った。

「大人っぽくて——羨《うらや》ましいです。スタイルのよさとかはもう仕方ないですけど…僕は細いからなんだか弱々しくて」

そして自分の身体と比べながら言ったが、征一は首を振る。首を振り、口づけてくると、再び恵を見つめて微笑んだ。

「きみの身体の方こそ綺麗だ。それに思っていたより腕にはしっかりと筋肉がついてるじゃないか」

「そ――それは多分、いろいろと重たいものを持ったりする…から……」

「ああ。きみが一生懸命働いている証拠だ。それだけで素晴らしいし、何より、わたしは大好きな身体だ」

「ん……っ」

そのまま深く口づけられたかと思うと、なにも纏っていない身体を確かめるかのように、全身をゆっくりと撫でられる。

優しいが絶えることのない刺激に、一旦は精を放った性器も再び形を変え始める。

そしてその手を追うように身体中に口づけられると、全身がふわふわとしてまるで夢を見ているような心地にさせられる。

大きく足を開かされ、その奥を探られ窄《すぼ》まりに触れられたときこそ、怖さに一瞬竦んだが、ゆっくりゆっくりと時間をかけてそこを刺激されると、ほどなく、そこは征一の指を受け入れるようになった。

「は……っぁ…あぅ……っ」

二本、三本と指が増やされるたび苦しさが増すものの、それ以上の充足感に胸がいっぱいになる。

身体の内側まで彼に触れられていると思うと、言葉にできないほどの興奮と快感が全身を巡り、頭の芯《しん》まで痺れるようだ。

「大丈夫か？　痛くないか」

「だ…いじょう…ぶ…です……」

心配そうに尋ねてくる声に、なんとか笑顔を作って頷くと、汗の浮いた額に口づけられる。

そして指が抜かれた直後。

両脚の膝裏を掬われ、大きく広げられ胸につくほど身体を畳まされたかと思うと、露わになった後孔に熱く濡れたものが押し当てられる。

それが征一の昂ぶりだと気づき、真っ赤になった次の瞬間、

「っん――っ」

それは、グッと挿し入ってきた。

「あ……っあァ……っ」

大きさに、思わず身体が逃げる。だがすぐに引き戻されたかと思うと、征一が腰を進めてきた。

「っ……っ」

大きなものが、肉をわけてじりじりと入ってくる感覚に、恵は全身を慄《わなな》かせた。

苦しいのに、全身が悦《よろこ》んでいる。彼を求めている。より深い繋がりを求めている。

「征一……さ……っ」

目の前の身体にしがみつくと、結合はぐっと深くなり、より奥まで穿《うが》たれたのがわかる。

彼と繋がっていると思うと、それだけで達しそうだ。

そのまま、征一はゆっくりと身体を進める。ほどなく、耳元で囁かれた。

「……全部入った」

「――！」

その瞬間、全身の血が沸騰したかのように身体中が熱くなる。目の奥もツンと熱くなって、泣きそうになったのを誤魔化すように恵は一層強く征一にしがみつく。

「……動くぞ」

耳殻に口づけられながら囁かれ、辛うじて頷いたがもう頭の中は真っ白だ。

そして動かれ始めると、次々と押し寄せてくる快感に、為す術なく流され巻き込まれていく。

「ァ…っは…あァ……っ」

性器を扱かれ、大きく熱いものが抜き挿しされるたび、身体の奥が快感が溢れ出てくる。

奥まで穿たれ、抉るようにして腰を使われると、目が眩《くら》むような淫悦《いんえつ》に頭がぐらぐらした。

「は…っあ…ッ…ぃあ……っ」

次第に動きを早めていく征一の激しさに、息も上手くできない。

必死で彼の身体を抱き締め、爪《つめ》を立てて身悶えていると、どこまでが自分の身体でどこからが征一のそれかわからなくなる。

彼の息も、熱く、荒く乱れている。彼もまた感じているのだと思うと、それはまた新たな悦びを呼び、恵を翻弄《ほんろう》する。

「征一…さ……っ」

「恵――」

「征い……ァ…あ、あァ――っ」

「恵――愛してる……」

「あ…好き……すき……っ」

譫言《うわごと》のように繰り返すと、その唇に唇が触れる。

貪《むさぼ》るような口づけに息まで奪われ、恵はこのまま死んでしまいたいとさえ思ってしまう。

彼が好きだという想いで胸がいっぱいになって、苦しくて切なくて死んでしまう。

「征一…さ…ァ…っ」

「恵……っ」

そして、二度三度と一際激しく突き上げられ、身体の奥の奥まで征一に穿たれた直後、

「ぁ…あア――っ」

恵は大きく背を逸らして声を上げると、再び、その欲望を征一の手の中に零していた。

溢れ出る温かなもの。

目が眩むような快感に為す術なく乱れた息を零し、身を震わせていると、次の瞬間、痛いほどにきつく抱き締められ、身体の奥で征一の欲望が弾ける。

互いの湿った吐息を間近で感じ合い、汗に濡《ぬ》れた身体を抱き締めていると、どうすればいいのかわからないほどの幸福感に包まれる。

鼻先が触れる距離から見つめると、征一の男らしく優しい双眸が見つめ返してくる。

「——愛してる」

どちらからともなく気持ちを告げると、かけがえのない大切な恋人を包むように抱き合い、深く口づけ合った。

◆　◆　◆

「本日特売の『パリパリ唐揚げ』です。ご試食どうぞ！」

いつものように店の名前が入ったエプロンをつけ、三角巾をつけた格好で、恵は、前を通りがかった親子連れに声をかけた。

試食用に一口サイズにカットした唐揚げを差し出すと、受け取ってくれた子供が美味しそうに食べる。

今日の特売の総菜は、クリスマスに向けて売り出す予定の、チキン料理の一つだ。

衣と揚げ方を工夫して、皮が香ばしくパリパリになるように揚げている。

恵は、足を止めてくれた人たちに次々と試食用の唐揚げを差し出すと、一層明るく声を上げる。

「どうぞ、特売の唐揚げです。皮がパリパリで香ばしいですよ！　できたてです！」

「店で手作りの揚げたて唐揚げです！　ご試食、どうぞ」

こうして今までと同じように仕事をしていると、この店の土地を取られるかもしれないと警戒したことも、それにまつわる征一との出会いのことも、なんだかなかったことのように思える。

気がつけば半月ほど会っていないから、それはなおさらだ。

そう――。

恵は征一と想いを確かめ合ったあの日から、二週間近く彼と会っていなかった。

仕事のせいだということはわかっている。

彼は恵のためにこの辺り一帯の再開発の計画を取りやめてくれた。

恩のある義父の意に反してまで、恵が大切にしているこの店を、街を守ってくれたのだ。

だからそのせいで、今まで以上に仕事が大変になっているのだろうことは容易に想像がつく。

だがわかっていても、恵は日々不安が募っていた。

彼の気持ちを疑うわけじゃなく、ただ彼のことが心配だった。

彼は大丈夫だろうか。

怒られていないだろうか。苦しんでいないだろうか？

自分で決めたことだから自分で責任を取る——と彼は言っていたが、本当に大丈夫なのだろうか。

折を見て総菜や恵が作った料理を持って行っているが、会える時間には帰宅していないようだ。

「最近は電話もないし……」

思わず呟いてしまったときだった。

「何がないの？」

「わっ」

すぐ側から声が聞こえ、恵は慌てる。見れば、そこには常連さんの花村さんと佐々木さんがいた。

「あ——す、すみません。なんでもないんです。ご試食いかがですか？」

恵は狼狽えながら、二人に唐揚げを差し出す。すると二人ともにっこりと笑顔で受け取ってくれた。

「ないって言ってるから、わたしたちの分はないかと思ってたわ」

「い、いえ。まだたくさんありますよ。試食で気に入られたら、ぜひ買って行ってくださいね。この唐揚げは小さいパックでも売ってますので」

「あらそうなの？　うん――本当に皮がパリパリしてるのね」

「ね。ちょっと味が濃いけど美味しいわ。これはメグちゃんが考えたの？」

「僕は、アイディアを……。そうしたら、西川さんが工夫してくれました」

「そうなの。クリスマスにも売ってるの？」

「はい、その予定です」

笑顔で言うと、二人は頷き、「美味しかったわ」「買って行こうかしら」と話しながら去って行く。

いつも変わらない常連さんの様子に思わず笑みを浮かべつつ、再び試食の声をかけようとしたとき。

「――一つもらえるかな」

それより早く声がする。

びっくりして見れば、そこには仕事帰りと思しき征一が立っていた。

久しぶりに見る彼の顔。だが久しぶりでも相変わらずの格好のよさに、つい見とれそうになる。慌てて、恵は唐揚げを差し出した。

「あ…あ――はい。どうぞ」

「ありがとう」

すると彼は優雅に受け取り、美味しそうに食べる。

そして恵ににっこりと微笑んだ。

「しばらく連絡が取りにくい状況になっていて、心配をかけただろう。すまなかった。だがもう大丈夫だ。明日からは普通の忙しさに戻る」

「え…な、何かあったんですか？」

ひょっとして、社長をクビになったとか？

不安になって尋ねると、征一は微笑んで続けた。

「この街の計画を中止した代わり――というわけじゃないが、大きな仕事を二つほどまとめた。まだまだ義父の怒りは完全には解けないだろうが、これを足がかりに少しずつ信頼を回復していくつもりだ」

そう話す征一の貌は、男らしい自信に満ちている。

「二つも仕事を……」

恵が心からほっとしつつ呟くと、征一は「ああ」と頷いた。

「きみのおかげだ。美味しい食事をありがとう。それに、きみもここで頑張っていると思ったらわたしも頑張れた」

「そんな。僕はいつも通りに……」

「そんないつも通りのきみを愛したんだ。試食、ありがとう。今日はこれを買って帰ろう」

「は――はい！　ありがとうございます！」

思わずぺこんと頭を下げたが、頰は自分でもわかるほど熱い。すると、去りかけていた征一がふと足を止めて振り返った。

「きみはやっぱり王子様だ。わたしに力をくれる。その格好もとても似合ってる」

そしてそう言い添えると、今度こそ、彼はその場を去って行く。

気がつけば、近くにいた斉藤さんがくすくす笑っている。

どうやら、今の征一の言葉が聞こえたようだ。

恵は真っ赤になりながら「笑わない」と小声で注意したが、あまり効果はなかった。

「やっぱり店長を王子様キャラで売り出すべきですよ。スーパーの王子様とか…試食の王子様とか」

そんなふうに言うと、笑いながら去って行く。

恵は赤くなった頰のまま、試食を再開する。すると、去って行ったはずの征一が戻ってきた。

「一つ言い忘れていた」

「な——なんですか」

また何か言われるのだろうかと、恵は身構える。

が、征一は笑うと、声を潜めて言った。

「今日は、二人きりで会えるか」

その囁きは、お客のそれではなく、多分社長のそれでもなく、恋人の甘い声だ。

恵は両手に試食用の唐揚げを持ったまま、夢中でこくこくと頷く。

途端、一層柔らかく優しくなる征一の貌を見つめながら、恵は今度の休みは彼と自分とそして小太郎とで、この街を散歩しようと——そう思った。

ＥＮＤ

スイート♡ラブ

「なんだか、夢みたいだ」

もう年の瀬も迫った十二月の三十日。

玄関にしゃがみ込み、三和土《たたき》を見つめながら春日井征一《かすがいせいいち》はそう言うと、同じようにして隣にしゃがんでいる恵《めぐむ》を優しい表情で見つめてきた。

「大好きな犬と一緒に過ごせて、大切な恋人と二人でいられて……。少し前までは考えもしなかったことだったのにな」

クリスマスを過ぎてからのこの数日は、雪が降るんじゃないかと思うほど寒い。けれど二人でいるこの家は暖かで、穏やかな空気に満ちている。

恵は恋人の視線を笑顔で受け止めると、「夢じゃないですよ」と返した。

「僕は、ちゃんとここにいます。それに、小太郎《こたろう》も」

「そうだな」

「そうですよ。それにしてもまさか小太郎のための家まで用意してくれてるとは思いませんでした。どこで買ってきたんですか？　いつの間に？」

恵は三和土に目を戻しながら尋ねた。

広めのそこには、ぴかぴかの赤い屋根の犬小屋の中で、毛布をベッドにして気持ちよさそうに眠っている小太郎の姿がある。

二人とも休みだった今日は、小太郎を連れて少し早い時間の散歩に出てから征一の家へやってきたのだが、ひとしきり庭で遊び、恵が小太郎を家に入れていいかと訊《き》くと、なんと彼はこれを用意してくれていたのだ。

『小太郎くんが気に入ってくれればいいんだが』と、照れたように笑った征一を思い出しながら、恵は彼を見つめる。

だが質問に答えはなく、征一は微笑《ほほえ》んでいるだけだ。

「……まあ、いいですけど」

諦《あきら》めて恵が苦笑すると、征一がそっと髪を撫《な》でてくる。

肩が触れ、鼻先を爽《さわ》やかな香りが擽《くすぐ》った。

◆

スーパーの店長とお客として出会った恵と征一は、いろいろあったものの今は幸せな恋人同士だ。

いつもはお互い忙しいため、なかなか丸一日一緒にいるということはないのだが、今日から正月にかけては二人とも仕事が休みということもあり、久しぶりのデートをしていた。

この後は、二人で鍋《なべ》を囲んで明日までゆっくりと過ごす予定だ。

材料は昨日のうちにたっぷりと買ってある。

白菜に春菊、葱《ねぎ》、豆腐、椎茸《しいたけ》。さらに肉団子は手作りの予定だ。

恵は征一が入れてくれた茶を飲みながら、炬燵《こたつ》でこれからの時間に思いを馳《は》せる。

すると、隣に座っていた征一が「今日は、本当によかったのか？」と話しかけてきた。

「？　何がですか？」

恵が尋ね返すと、征一は少し神妙な面持ちで言う。

「わたしと一緒に過ごして、大丈夫か？　もちろんわたしは嬉《うれ》しいんだが……ご両親ともゆっくりできる時間だろう」

その声は、恵とその両親を気遣ってくれているとわかるものだ。

恵は征一の優しさに胸が温かくなるのを感じながら、「大丈夫です」と頷《うなず》いた。

「明日と元日は一緒にいようかなと思ってますけど…今日は大丈夫です」

「そうか」

「はい。それより、せっかくの年末年始なのに一緒にいられなくてすみません」

「何を言ってる」

恵が謝ると、征一は首を振った。

「ご両親と一緒に過ごせばいい。そのために年末は休みにしていると言っていたじゃないか。

きみも普段は仕事で忙しいんだ。家でゆっくりしろ」

そして諭すように言われ、恵は彼の優しさをしみじみと感じながら小さく頷いた。

最近は年末年始も営業している店が多いが、恵が店長をしているスーパー『ニノミヤ』は、三十日から三日まで休みになっている。

それは、父と母が決めたことだった。

まだ二人ともスーパーで働いていたころ、普段は一緒にいられない子供の恵のために、年末年始はきっちり休む、と決めたようなのだ。

(忙しいのに、おせちも作ってくれてたし……)

本当の両親のように愛して育ててくれた父と母に改めて感謝していると、

「わたしも、もしかしたら家の方に顔を出すことになるかもしれないからな。お互い様だ」

征一が、ぽつりと言う。

「仲直り、できたんですか」

その言葉に、思わず恵は尋ねていた。

征一と彼の義父は、仕事の件で対立してからというもの、あまり上手くいっていない様子だった。

征一がそれまで以上に仕事を頑張っているのも、そのわだかまりをなんとか解消しようとしてのことだったようなのだが……実家に行くということは、仲直りできたということだろうか。

だが、征一は「さて」と苦笑する。

「どうだろうな。わたしには義父の考えていることはわからないからな。呼びつけておいてクビを言い渡す気かもしれない」

「そんな！」

「年が明けたら職探しの身かもしれないな。もしそうなったら、きみはどうする」

「……どうする、って」

恵は征一を見つめる。

彼が本気で尋ねているのかふざけているのかはわからない。それでも、自分の答えは一つだった。

「別に、どうもしません。僕の好きな征一さんに変わりはないですから。それに、そもそも征一さんがお義父《とう》さんと揉《も》めた原因はこの街の土地の件じゃないですか。僕の店を守ってくれたことが原因で征一さんがクビになっちゃうなら、今度は僕が征一さんを守ります」

「……」

「って言っても、お義父さんに何かしたりするわけじゃないですよ」

慌てて言い添えると、恵は改めて続ける。

「でも、きっとそんなことにはなりませんよ。征一さんが頑張ってるのはきっと伝わってると思いますし」

微笑むと、征一はしばらくじっと恵を見つめ、やがて、目を細めて笑う。

そのまま身を乗り出してきたかと思うと、頬《ほお》を撫でられそっと口づけられた。

「ん……」

柔らかな、温かなキス。

離れては触れ、触れては離れるキスは、恵の胸をゆっくりと幸せで満たしていく。

征一への気持ちが、「好き」という気持ちが胸の奥から込み上げ、苦しいほどだ。

「ん……ん……っ」

そのうち、触れるだけだったキスは段々とより甘く深いものに変わっていく。

背筋に痺《しび》れるような熱が走り、頭がぼうっとし始める。恵は慌てて唇を離した。

「だ、だめですよ」

征一の肩に手をかけ、首を振る。

頬が熱い。唇はまだ口づけの心地《ここち》好さを覚えていてそれを求めているけれど、今は駄目だ。

だって、そろそろ食事を用意しなければ。

散歩の最中も小太郎と遊んでいるときも、征一は夕食を楽しみにしていると言っていた。

恵だって楽しみだ。炬燵で恋人と囲む鍋。想像するだけで嬉しさで胸がドキドキする。

だからここでキスに溺《おぼ》れてしまうわけにはいかない。

だがそんな恵の思いをよそに、征一は、恵の手を取るとじっと見つめてくる。

恵ももう腰を上げなければと思っているのにどうしてか動けずにいると、

「どうしてだめなんだ?」

少し掠《かす》れた声で、囁《ささや》くように征一が尋ねてきた。

額に、そっと額が触れる。彼の体温。彼の香り。

口づけているときよりも胸がぎゅっと引き絞られるようだ。

苦しい。苦しいのに甘い。

鼓動の音が征一にまで聞こえてしまいそうだ。

それが恥ずかしくて、誤魔化すように「ごはんが……」と声を絞り出したが、耳朶《じだ》はもう自分でもわかるほど火照り、摑《つか》まれている指も震えてしまう。

ごはんを作らなきゃと思っているのにその一方でキス以上のことを求めている自分がいることに恵が狼狽《ろうばい》していると、ゆっくりと、より強く手を握られる。

「食事は、あとでいい」

囁きが、耳殻を撫でる。

「今は食事よりもきみが欲しい」

そのまま耳殻に口づけられ、びくりと肩が跳ねる。

固まって動けずにいると、そんな恵の手を引っ張るようにして征一が立ち上がった。

「部屋に行こう。ここではきみが食事のことを気にするだろう?」

「……」

じっと見つめられ、心臓が爆発しそうだ。ドキドキして、何も考えられなくなる。

手を引かれるまま立ち上がり、気づけば彼の寝室へ誘われていた。

「……久しぶりだ。きみとこうしてゆっくりと過ごすのは」

部屋のドアが閉められるより早く抱き締められ、全身が征一の温《ぬく》もりに包まれる。

冷えていた部屋なのに、まったく気にならない。彼の唇から零《こぼ》れる白い息すら愛《いと》しくてそろそろと抱き締め返すと、微笑みを形作った彼の唇が唇に重ねられる。

今度は、さっきと違う情熱的な恋人のキスだ。

口内に挿し入ってきた舌に上顎《うわあご》をなぞられ、くすぐったいようなぞくぞくするような感覚に、くぐもった呻《うめ》きが漏れる。

舌に舌を絡められ、柔らかく吸われると、うなじが、閉じている目の奥が、じわじわと熱くなる気がする。

「う……ん……っ」

鼻にかかった声が漏れるのが恥ずかしい。

思わずぎゅっと服を握り締めると、より強く抱き締められた。

「んんっ……」

そのままズボンからシャツを引っ張り出され、忍び入ってきた手に背中を直接撫でられる。大きな手が、さらりとした指が肌を滑っていく感触が心地好い。されるままになっていると、直後、くるりと身体《からだ》を入れ替えられ、そのままベッドへ押し倒された。

「……」

無言のまま、見下ろしてくる征一の双眸《そうぼう》は、どんな言葉よりも雄弁に彼の秘めた激しさを示している。

無造作に服を脱ぎ始める彼に合わせて恵もおずおずと服を脱ぐと、産まれたままの姿になった肢体を改めて抱き締められた。

全身に感じる温もりと重さが気持ちがいい。

間近から見つめると、見つめ返され、手を取られ、指先に口づけられた。

「愛してる、恵」

「征一さん……」

「愛してる。きみに出会えてよかった」

「……僕も…あなたのことが好きです……愛しています」

言葉にするのは照れ臭いけれど、伝えずにはいられない。

一見は素っ気なく見えるけれど、実は優しく、店を守ってくれた誠実な人。

男同士だとわかっていても、気持ちは止められなかった。

征一を見つめたまま恵が微笑むと、彼もまた幸せそうに笑む。再び、今度はさっきまでよりもより深く唇が重ねられる。

「ん、ん……っ」

何度となく繰り返された口づけは、やがて、唇から喉元《のど》へ、首筋へ、肩へ、胸元へと流れていく。

露《あら》わになっている胸の突起に口づけられ、もう一方は指で弄《いじ》られ捏《こ》ねられると、それまでじりじりと燻《くすぶ》っていた熱が一気に煽《あお》られる。

「ぁ……あ、ん……っァ……」

痛いほどに強く吸い上げられ、同時に反対の乳首を潰《つぶ》すようにして捩《ねじ》られると、強い快感に、大きく背中が撓《しな》る。

久しぶりに会ったせいなのか、自分でもどうしようもないほど感じているのがわかる。

征一との身体の間で刺激されていた性器もすでに形を変え、硬さと大きさを増している。

なのに気持ちも心ももっともっと征一を求めていて、止められない。

「っん…く……っふぁ……っ」

執拗《しつよう》な胸元への愛撫《あいぶ》に、高い声が立て続けに溢《あふ》れる。

触れられているところから、身体の隅々にまで熱の欠片《かけら》が散っていくかのようだ。そして腰の奥では覚えのある劣情がうねる。

「ぁ……征一…さ…ん……っ」

恵は、目の前の身体にしがみついた。

気持ちも身体も昂《たか》ぶっていて、とうてい我慢できそうにない。

「征一さん……もう……」

自分から欲しがるなんて恥ずかしくて堪《たま》らないけれど、それ以上に、彼を求めている。

ねだるようにして身をくねらせ、よりきつく抱き締めると、彼の昂ぶりが恵のそれに触れる。

「ア――」

その熱さに、恵はぞくりと身を慄《おのの》かせた。

触れたそれは、熱くて、そして硬くなっていた。彼もまた自分と同じように感じているのだと思うと、興奮とともに愛情が込み上げてくる。

すると、征一の唇は胸元から離れ、彼はベッドの傍らにある小さなテーブルの引き出しから、ビンのようなものを取り出す。それがローションだと気づいたのは、大きく脚を開かされ、濡《ぬ》れた指に後孔を探られたときだった。

「あ……っ……」

「痛いか」

異物感に思わず身体を硬くしてしまうと、征一が気遣うように尋ねてくる。恵は首を振ると、「大丈夫」と微笑んだ。

「ごめん、ちょっとびっくりしただけ…だから」

「謝るな。続けて大丈夫か？」

「ん……」

「……」

「大丈夫だから…やめないでよ。ごはんより、僕の方が欲しいって言ったくせに」

「ああ——欲しい。何よりきみが欲しい」

「じゃあ、続けてよ」

微笑んだまま言い、大きく息をつき、ゆっくりと身体から力を抜くと、一旦《いったん》抜かれていた指が、再びゆっくりと挿し入ってくる。

「は……ぁ……っ」

蠢《うごめ》く指は、急がず、優しく、けれど的確に恵の身体を探り、そこを柔らかくしていく。

そんなところを弄られて感じるなんて……と、時折羞恥《しゅうち》が顔を出すが、後孔を弄られるとともに全身のあちこちに口づけられれば、全身がふわふわとして征一のことしか考えられなくなる。

そしておもむろに指が抜かれると、それまで弄られていた「そこ」に指よりも大きく、熱いものが押し当てられる。

「力を抜けよ?」

脚を抱えられ、頬に口づけられ、囁かれ、頷いた直後。

大きな熱の塊が、身体の中に入ってきた。

「っん……っ」

力を抜いたつもりでも、どうしても緊張してしまう。

すると、征一は一旦止まり、恵が息をつくのを待ってくれる。

やがて、再びじりじりと腰を進められると、少しずつ、少しずつ彼の欲望が穿《うが》たれていくのがわかる。

「せ…いいち……さ……っ」

恵は、征一をきつく抱き締めた。

苦しいけれど嬉しい。彼を感じられて嬉しい。もっとくっつきたくて腕に力を込めると、最奥まで穿った征一にぎゅっと抱き締め返される。

そして抱き締められたまま、ゆっくりと身体を起こされ、抱き上げられた。

「ぁ……」

征一の膝の上に抱え上げられ、向かい合うような形で繋《つな》がると、征一の唇が恵の乳首に触れる。

「あッ――」

その刺激にびくりと身を震わせると、それが合図だったかのように征一が動き始めた。

「ァ……っあ、あ、あァ……ッ――」

今まで経験したことのない、下から突き上げられるような刺激に、恵は大きく喉を反らせて声を上げた。

その快感だけでも身体が内側から溶けてしまいそうなのに、同時に乳首を愛撫されれば悦《よろこ》びは一層だ。恵は征一の首筋に腕を絡め、夢中で抱き締めると、自らもまた腰をくねらせ、快感を貪《むさぼ》った。

「ぁ……っあ、あ、や……っあ…あ――」

「恵――」

「や……っあ、ァ、だめ……ッ」

「恵、気持ちがいいか?」

「ん……ァ…や……っああ、あァ……ッ」

きつく抱き締め返され、立て続けに突き上げられ、恵はがくがくと頷きながら縋《すが》るようにしがみついて声を上げる。

腰の奥が熱い。頭の芯《しん》がぐらぐらして、目の奥で白い光が瞬いている。

「征一……さ……っ」

「恵――恵――」

「せいっ……ぁ……いぃ……っ…好き……っ…すき……」

「恵…愛してる――」

切れ切れに名前を呼び好きで堪らないのだと伝えると、背が折れるかと思うほど抱き締められ、愛の言葉を告げられる。

抱き締め返し、抱えきれないほどの快感に翻弄《ほんろう》され、恋人の背中に夢中で爪《つめ》を立てると、立て続けに大きく突き上げられ、もう弾《はじ》ける寸前の性器を握り締められ、きつく扱《しご》かれた。

「ァ……っあ、あ、っひ…あ…ゃ…あ、あァ――ッ」

次の瞬間、恵は高い声を上げると、征一の手の中に白濁を零していた。

喩《たと》えられないほどの快感が全身に染み込むようだ。

直後、ぎゅっと抱き締められると同時に身体の奥に温かなものが溢れたのを感じ、征一もまた達したのだと知る。

こうして抱き合いながら、まだ乱れている息を混ぜ合うようにして唇を重ねると、幸せすぎておかしくなってしまいそうな気さえする。

「征一さん……僕、征一さんのこと大好きです……」

「わたしもだ。愛している、恵」

見つめ合い、再び愛を告げ合って口づけすると、心地好い疲れが全身を包み、瞼《まぶた》が重たくなっていく。

「少し眠ったらいい」

微《かす》かに笑っているような征一の声に「でもごはんが……」と言いかけたけれど、恵の記憶がはっきりとしているのはそこまでだ。

久しぶりの休日。恋人の腕に抱かれ、この上ない幸せを感じながら、恵はゆっくりと征一に身を預けていった。

END

あとがき

こんにちは、もしくははじめまして。桂生青依です。

このたびは本書をご覧くださいまして、ありがとうございました。

今回は、街のスーパーが舞台の一作となりました。

新米店長として頑張っている恵と、ちょっぴり謎めいたお客である鈴木（仮名）の、のんびりラブストーリー。

以前から、スーツ姿やコート姿は書いていていてとても楽しい（と言うか私的萌えの詰まった）格好だったのですが、今回この作品を書いていたところ、自分の「エプロン姿萌え」にも気づかされました。

ギャルソンエプロン姿は以前から「いいな」と感じていて、他社様で何度か書かせていただいたこともあったのですが、どうやらそれだけでなく、普通のエプロンにも萌えてしまうみたいです（そう言えばエプロンをつけているキャラクターも、過去にたびたび書いていた気が……。当時は気づきませんでしたが)。
そういう意味では記念すべき一作かもしれないですね。

舞台のモデルは特にないのですが、学生時代にちょうどこのぐらいの規模のスーパーでアルバイトをしたことがあるので、そのときのことを思い出しつつ書いた部分もあったりします。

生活に欠かせないスーパーは、大きなところも小さめのところも大好きです。子供のころは、近所のスーパーでも凄く大きく感じられて、行くたび探検の気分でした。好きだったのは文具コーナー。今でもはっきり覚えているのですが、ずーっと塗り絵の本を眺めていました。

わたしは都内で何度か引っ越しをしたのですが、同じ区内で同じぐらいの近さ、同じくらいの大きさのスーパーでも、店によってかなり品揃えが違いますよね。地域の特色が出ていて面白いなと思います。

旅行等でたまたま訪れた土地でスーパーに入ると、地域の名産品が自然に並べてあって、ついついあれこれ見てしまったり。

今回は、そうした思い出や、わくわくした想いを思い出しつつ書いたので、ちょっと懐かしいような作品になりました。

皆様にも楽しんでいただければ何よりです。


最近はハーブを育て始めました。

と言っても、手軽にできるものばかりなのですが、摘みたてのハーブでハーブティーをいれたり、料理に使ったりと楽しんでいます。

相変わらず香りのいいものが大好きです。


最後になりましたが、今回素敵なイラストを描いてくださった木下先生には、心からお礼申し上げます。

頑張りやで面倒見のいい恵も、一見は無愛想だけれど優しいところのある春日井も本当に素敵で、ラフを拝見したときから嬉しくて堪りませんでした。

ありがとうございます。

また、いつも的確で丁寧なアドバイスをくださる担当様、及び、本書に関わってくださった皆様にもこの場を借りてお礼申し上げます。

何より、いつも応援くださる皆様。本当にありがとうございます。

今後も引き続き、皆様に楽しんでいただけるものを書き続けていきたいと思いますので、どうぞよろしくお願いします。

読んでくださった皆様に感謝を込めて。

桂生青依　拝

著作情報と雑記　http://aoi-k.com

本作品は書き下ろしです

桂生青依先生、木下けい子先生へのお便り、
本作品に関するご意見、ご感想などは
〒101-8405
東京都千代田区三崎町2-18-11
二見書房　シャレード文庫
「スーパー♡ラブ」係まで。

スーパー♡ラブ

CHARADE BUNKO

スーパー♡ラブ

【著者】桂生青依《かつらばあおい》

【発行所】株式会社二見書房
東京都千代田区三崎町2-18-11
電話　03(3515)2311[営業]
　　　03(3515)2314[編集]
振替　00170-4-2639
【印刷】株式会社堀内印刷所
【製本】ナショナル製本協同組合

落丁・乱丁本はお取り替えいたします。
定価は、カバーに表示してあります。

ISBN978-4-576-13170-2

http://charade.futami.co.jp/

CHARADE BUNKO

スタイリッシュ&スウィートな男たちの恋満載

桂生青依の本

恋《れん》々《れん》と情熱のフーガ

いい子にしてたら、もっと可愛がってやるよ……

イラスト＝水貴はすの

メールの誤送信から元恋人と同姓同名の男・東堂和樹とデートするハメになった外務省に勤めるエリート・咲坂優。快楽に弱い体を嬲られた上、次のデートの約束までさせられる。振り回されつつも強引な東堂に惹かれ始める優。しかし、これまで見向きもしなかった藤堂が、優に異常な執着をみせるようになり――。